韩东坡/主编

唐诗宋词元曲精编

【第三卷】

辽海出版社

菩萨蛮

晏几道

哀筝一弄湘江曲[①]，声声写尽湘波绿[②]。纤指十三弦[③]，细将幽恨传。　当筵秋水慢[④]，玉柱斜飞雁[⑤]。弹到断肠时，春山眉黛低[⑥]。

【注释】

①一弄：奏一曲。湘江曲：曲调名，哀婉悲凉。湘江，传说舜之二妃娥皇、女英投水之所。

②写：同"泻"，倾泻之意。

③十三弦：筝十三弦，十二弦拟十二月，剩下一弦拟闰月。

④秋水：眼如秋水，所谓"秋波"，谓清澈明净之意。白居易《筝》诗云："双眸剪秋水，十指剥春葱。"

⑤玉柱斜飞雁：筝柱斜列如雁飞。

⑥春山：谓女子弯弯隆起的双眉。

【鉴赏】

　　本词为描述奏琴艺术的佳作之一。作者通过写琴而写奏琴人，特别突出感情的传达，与白居易《琵琶行》有异曲同工之妙。

　　上阕侧重描写演奏曲调的意蕴、格调和弄琴人的高超技艺。首句起笔点题，"哀"既是对弹奏曲调"湘江曲"的概括，也是对本首词作感情基调的铺垫。"声声写尽湘波绿"，作者将琴声的哀伤情调用江水的清冷色调——"绿"来描写，传神而独特。无形的琴声有了具体可感的形象，将美妙的听觉形象与鲜明的视觉形象融合在一起，以"绿"定下基调，以"湘波"暗示琴声起伏张弛的旋律节奏。"纤指十三弦"写出弹奏技巧的细腻、柔美，"细将幽恨传"既承接前句之意，更提炼出琴声的哀婉内涵。"细"既写实更写意，用得特别精妙。

　　下阕从对琴声的描述转为对弹奏者神态、情态的刻画。"当筵"写弹奏已到了较高的境界。"秋水慢"将弹筝女美丽悠婉的神态描摹了出来。"玉柱斜飞雁"，人与琴相互映衬，相得益彰。尾句"弹到断肠时，春山眉黛低"，琴声与人的情态融为一体，琴人合一，天衣无缝，令人久久沉浸于那出神入化、美妙无比的音乐艺术世界中。历来词评家均将尾句作为此作的佳句加以激赏。

本词表面赞美音乐，实际上表达对抚琴人的赞叹与理解，恰如白居易"同是天涯沦落人"的感慨。

玉楼春

晏几道

东风又作无情计^①，艳粉娇红吹满地^②。碧楼帘影不遮愁，还似去年今日意。　谁知错管春残事^③，到处登临曾费泪。此时金盏直须深^④，看尽落花能几醉。

【注释】

①东风：春风。
②艳粉娇红：指落花。
③春残事：惜春之事。
④金盏：精美的酒杯。

【鉴赏】

东风无情，"艳粉娇红吹满地"；愁肠寸断，难阻岁岁绿暗红稀。本首是一首伤春之作。

上阕从写暮春典型事物和景色入手，表达年年春愁的无奈。首句将"无情"赋予东风身上，巧用拟人，更贴切传神。三、四句由自然事物转到人的世界，不但点明"愁"的题旨，而且以"还似去年今日意"，以显示这春愁的绵长和司空见惯。"碧楼帘影"暗指人物为女性。

下阕以问句入手，表达更深的愁苦。"错"字准确有力地表现了人对"春残"的无能为力和无可奈何。末尾两句回到现实，表面看来是失望以后的及时行乐、自甘麻醉，但实际上从另一个侧面发出了青春时光不多的沉重慨叹。"看尽落花能几醉"既叹花更叹人，含蓄蕴藉，意味幽远。

阮郎归

晏几道

旧香残粉似当初，人情恨不如。一春犹有数行书，秋来书更疏。　衾凤冷①，枕鸳孤，愁肠待酒舒②。梦魂纵有也成虚，那堪和③梦无？

【注释】

①衾凤：即凤衾，绣有凤凰图案的被子，此喻情人同眠之被。"枕鸳"用法与此同。

②舒：缓解，消除。

③和：连。

【鉴赏】

本首词浅近直接地抒发了归隐人的幽怨与离恨。

上阕写征人的薄情。首句写晨起对镜梳妆，感慨顿生："旧香残粉似当初，人情恨不如。"居人虽憔悴，但情依旧；情"不如"者是那征人。何以见得？三、四句便是再清楚不过的明证："一春犹有数行书，秋来书更疏。"这里暗含无奈的对照：春之"数行书"与秋之"书更疏"；居人对"数行书"已觉满足，征人连这点滴情意也不愿付出。

下阕写居人独处孤凄。"衾凤"二句反差强烈，共度良宵之物犹在，同眠共枕的情景历历在目，如今形影相吊，长夜孤冷难耐，只好借酒消愁："愁肠待酒舒。"结句奇绝，用层递手法写出心中苦想：梦中纵能相会但又有何用，幻象虚景而已（毕竟能有所寄）；到如今连梦幻竟也得不到（何等让人失望）。

唐圭璋《唐宋词简释》云："上下阕结处文笔，皆用层深之法，极为疏隽。"

阮郎归

晏几道

　　天边金掌露成霜[1]，云随雁字长。绿杯红袖趁重阳[2]，人情似故乡。　　兰佩紫，菊簪黄，殷勤理旧狂[3]。欲将沉醉换悲凉，清歌莫断肠。

【注释】

　　[1]金掌：据《三辅黄图》载：汉武帝刘彻曾在长安建章宫前建造高二十丈的铜柱，上铸铜仙人，仙人掌擎盘承露，供武帝与玉屑一起饮用，以求长生。后世称仙人为铜仙，承露盘为金掌。露成霜：指肃杀悲凉之秋气。《诗经·秦风·蒹葭》："蒹葭苍苍，白露为霜。"

　　[2]绿杯：代指美酒。红袖：代指歌女。

　　[3]理旧狂：重整昔日狂态。

唐诗宋词元曲精编

【鉴赏】

这首词是作者晚年之作，词中满含饱尝艰辛沧桑后凄凉的人生感慨。

上阕是从秋景写起。"天边"二句描绘出一幅肃杀凄凉的秋景图：白露为霜，天高云淡，大雁南归。悲凉之意含蕴其中。"绿杯"二句意蕴厚重，以赞眼前欢悦人情，引出倦游思归之意——"人情似故乡"。

下阕由人及己，先扬后抑。"兰佩紫"三句承接上阕"绿杯红袖趁重阳"二句，表明自己不愿扫友人兴，并欲唤醒自己豪放狂欢的旧日兴致。"兰佩紫，菊簪黄"，色彩鲜丽，营造出欢快气氛。但作者陡然一转，像无意间道出心中秘密：原来抒情主人公心中充满悲凉，易断肠。强颜欢笑、刻意张狂，只不过企图"将沉醉换悲凉"而已。

本词构思曲折回环，跌宕婉转。况周颐在《蕙风词话》中赞曰："'绿杯'二句，意已厚矣。'殷勤理旧狂'五字三层意：狂者，所谓肚皮不合时宜，发见于外者也。狂已旧矣，而理之，而殷勤理之，其狂若有甚不得已者。'欲将沉醉换悲凉'是上句注脚。'清歌莫断肠'，仍含不尽之意。此词沉着厚重，得此结句，便觉竟体空灵。"

浣溪沙

晏几道

日日双眉斗画长①，行云飞絮共轻狂②。不将心嫁冶游
郎③。　　溅酒滴残歌扇字，弄花熏得舞衣香④。一春弹泪
说凄凉。

【注释】

①双眉斗画长：即描好双眉与别的女子争强斗胜比
长处。

②行云飞絮：指歌女像天上的行云那样轻浮，像纷飞的
柳絮那样狂荡。

③冶游郎：经常不归家，在外游荡的男子。

④弄花：即拈花弄草，轻薄狂浪之意。

【鉴赏】

本首词描述歌女痛苦孤寂的内心世界。尽管她过着身不
由己的"轻狂"日子，也希望能得到真正的爱情。

上阕描写歌女的日常生活和她的真实想法。首句写歌女每天都精心地描画自己一双长长的黛眉，为的是与别的歌女争妍比美，好多揽点生意。一个"斗"字饱含着辛酸。次句进一步讲述她为了生活，虽不情愿，但又不得不假装像天上的行云那样轻浮，像纷飞的柳絮那样狂荡，以博取男人的欢心。

"行云"，用《高唐赋》巫山神女"旦为朝云，暮为行雨"之意，暗喻歌女的生涯；"飞絮"，用杨柳花絮的纷飞飘荡明喻歌女的行踪和命运。"行云飞絮"不仅写出了歌女的举止情态，也暗示了她的身份。

"轻狂"只是表面，随风逐水的白云和柳絮，正表明歌女任人摆布的可悲境界。一个"共"字，说明了她实在是身不由己。

前两句极力写这位歌女的装饰和态度，强调她的"轻狂"，是为了表现其现实生活与理想的矛盾——"不将心嫁冶游郎"，这才是歌女内心世界的真实写照。处在社会最底层的歌女，被迫委身于那些玩弄女性美色的公子哥儿，看穿了他们的轻狂与薄情，自己身可属而心不可嫁，冶游男子是绝不能获得自己的芳心的。"不将心嫁"向人们展现了一个歌女纯洁的心灵和独立的人格，也表现了封建社会中妇女自我意识的觉醒。

下阕描述歌女在欢乐场上的情态和她内心的凄凉与坚

贞。前两句，细致地描述了歌舞筵上之"乐"：酣饮时，溅出的美酒滴到了歌女的扇子上，使团扇上的字迹都漫漶了；歌舞时，公子哥儿上前拈花弄草，用香料把自己的舞衣给熏得幽香袅袅。

"溅酒""弄花"，是形容冶游郎纵饮狂浪的情态；"歌扇""舞衣"，乃表明女子身份之物。两句字面精工，而色彩更为鲜艳。这就是歌女的平常生活，也是"轻狂"二字的注解。她在酒筵上不得不歌舞助欢，忍辱含垢，而内心却充满了浓重的悲凉——一春弹泪说凄凉！篇终见意：她们没有可以倾诉的对象，只有将心中的泪借助于弹唱倾泻出来；她为辜负了美好的芳春、虚度了大好的年华，而深感凄凉。

本词怀着深厚的同情来写这些被侮辱与被损害的女性形象，非常真实感人。在艺术手法上也颇具特色。上、下阕的前两句都浓墨重彩，力描女子之美、歌舞之乐，而在末句却突作转折，从似乎难以调和的矛盾中表现了女子的完整形象，显示出她的鲜明个性和内心世界。由于作者自身也遇到过这种矛盾和痛苦，也同有此歌女的个性，故能体认真切。因此，更觉真切动人。

六么令

晏几道

绿阴春尽，飞絮绕香阁。晚来翠眉宫样[1]，巧把远山学[2]。一寸狂心未说，已向横波觉[3]。画帘遮匝[4]，新翻曲妙，暗许闲人带偷掐[5]。　　前度书多隐语，意浅愁难答。昨夜诗有回文[6]，韵险[7]还慵押[8]。都待笙歌散了，记取留时霎。不消红蜡，闲云归后，月在庭花旧栏角。

【注释】

①宫样：指皇宫中流行的妆饰式样。此指模仿宫女画眉。

②远山：即远山黛，描眉之一种。

③横波：指青年女子眼神流转，如水波荡漾。

④遮匝：密密地环绕。

⑤偷掐：暗中模仿学习。相传唐玄宗夜晚在上阳宫谱新曲，李谟在天津桥上赏月游玩，听到后随即在桥柱上插谱记录，第二天便在酒楼上演奏。

⑥回文：古代诗歌的一种形式，诗中字句，回环读之，无不成文，不但意义相通，且可诵读，汉苏伯玉妻、晋窦滔妻均用以表示思夫之情。

⑦韵险：即韵窄，同一韵中的字数较少，不易选择。

⑧慵押：懒得去押韵作诗。

【鉴赏】

这首词生动描述了一位歌伎与爱人约会前的心情和举动。

上阕描写歌女与情人相会前的精心妆扮和相见后的精彩表演。起首"绿阴春尽"二句描述暮春节令和事件发生的环境。"绕"字十分传神，动感十足。"飞絮绕香阁"，暗示女主人公约会前的不安和迷乱的心绪。三、四句描写她梳妆打扮的认真，突出其对眉黛的刻意妆饰，正所谓"女为悦己者容"。且眉目乃传情之所，作者写女主人公对眉黛的精心描画，起到了事半功倍、以一当十的作用。"晚来"同时点明了具体的时间。"一寸"二句写相见后演出前的眉目传情，暗送秋波。"狂心"点明双方激动的情绪。"画帘"三句写演出的情形。"画帘遮匝"写演出之环境。后二句写演出，但并未正面直接描写，而是通过侧面心理描写，表达女主人公为爱情不惜冒影响自己演出利益之险的感人内心世界。

下阕写昔日往来和今日幽会。"前度"四句写过去交往之频繁，既有"前度"之书，又有"昨夜"回文诗，可见往来很多。同时，也表明了未曾回复的原因和爱情表达的含蓄巧妙，为今日约会做了充足的铺垫。"都待"承前启后，表达出双方对秘密约会的期望与渴望：一切未表达的和未交流的情意全都放到了表演以后的相聚的甜蜜时光。末尾三句意境优美，以花前月下烘托相爱的浪漫情调。

御街行

晏几道

街南绿树春饶絮，雪满游春路①。树头花艳杂娇云，树底人家朱户。北楼闲上，疏帘高卷，直见街南树。　　阑干倚尽犹慵去②，几度黄昏雨。晚春盘马踏青苔，曾傍绿阴深驻。落花犹在，香屏空掩，人面知何处③？

【注释】

①"雪满"句：指杨花柳絮如雪片般漫天飞舞，铺满春游的道路。

615

②慵去：懒得离去，不愿离开。

③人面知何处：化用崔护《游城南》"去年今日此门中，人面桃花相映红。人面不知何处去，桃花依旧笑春风"诗意。

【鉴赏】

本词与《玉楼春·东风又作无情计》一首情感相同。故地重游，物是人非，惆怅感伤油然顿生。

上阕写春日美景。杨花柳絮绕街南绿树飞舞，如大雪铺满路径，起首二句写自然景色。三、四句从枝头红花写到"树底人家朱户"，由自然之景到人间春色，移动不露痕迹，过渡自然。"北楼"三句由景及人，由人而见景，浑然一体。

下阕表达物是人非的怀旧之情和万般感慨。故地重游，"栏干倚尽"，流连忘返，"几度黄昏雨"。"晚春盘马"既写现实，更写回忆；不直写人的活动，而写"马踏青苔，曾傍绿阴深驻"，含蓄蕴藉，婉转动人，使人回味。结尾三句发出物是人非的惆怅感叹，"人面知何处"更流露出无尽思念与牵挂。

虞美人

晏几道

　　曲阑干外天如水，昨夜还曾倚。初将明月比佳期^①，长向月圆时候望人归^②。　　罗衣着破前香在^③，旧意谁教改？一春离恨懒调弦，犹有两行闲泪宝筝前。

【注释】

　　①初将：本将。

　　②长向：总在。

　　③着破：穿破。喻天长地久。

【鉴赏】

　　本词表达离愁情感，写得缠绵悱恻，动人心魄。

　　上阕写思人盼归之情。起句写昨夜倚栏的情景。"天如水"一写秋夜天空澄净明朗，二写秋夜冷清凄凉，三则引出下面句子情意：月圆盼人归。"初将"三句写情痴的一片痴情。

上阕承接前文。虽然盼而不得，但痴情更痴，所以为了留住前香，"罗衣着破"也不愿更换，只因执着"旧意"不改。结尾三句终于吐出不平的心中块垒："一春离恨"，万般愁苦。所以"懒调弦""宝筝前""犹有两行闲泪"。正所谓"欲取鸣琴弹，恨无知音赏"。"闲"字似轻实重，深切沉痛之至。

本词言简意深，说出主人公深深的怨、哀哀的情。

水龙吟

苏 轼

次韵章质夫杨花词①

似花还似非花、也无人惜从教坠②。抛家傍路，思量却是，无情有思③。萦损柔肠，困酣娇眼，欲开还闭。梦随风万里，寻郎去处，又还被，莺呼起④。　　不恨此花飞尽，恨西园、落红难缀⑤。晓来雨过，遗踪何在，一池萍碎⑥。春色三分，二分尘土⑦，一分流水。细看来、不是杨花点点，是离人泪。

618

【注释】

①次韵：指和人诗词时依照原韵。章质夫：章楶（jié），字质夫，苏轼同僚，有咏杨花词《水龙吟》，传诵一时。苏轼和以此词，亦咏杨花。杨花：指柳絮。

②从教：任凭。坠：飘坠。

③无情有思（sì）：杜甫《白丝行》中有"落絮游丝亦有情"，韩愈《晚春》中有"杨花榆荚无才思"，此反其意而用之。

④"梦随"四句：化用金昌绪《春怨》："打起黄莺儿，莫教枝上啼。啼时惊妾梦，不得到辽西。"

⑤落红：落花。缀：连接。

⑥一池萍碎：作者自注："杨花落水为浮萍，验之信然。"

⑦尘土：陆龟蒙诗："人寿期满百，花开唯一春。其间风雨至，旦夕旋为尘。"

【鉴赏】

本词为借柳絮比喻人咏物的抒情之作。本诗大约在哲宗元祐二年（1087），作者与章质夫同在汴京为官时所作。

咏物词，贵在既出物之形态，而又别有所寄，即应在不即不离之间。作者的这首词，明咏杨花，暗咏思妇，更隐然寄托了身世坎坷沦落的寂寞幽怨。王国维《人间词话》称："咏物之词，自以东坡《水龙吟》最工。"

上阕起句"似花还似非花"，以写意的笔致写出柳絮的特性与命运：柳絮名为"杨花"，暮春时与群芳一起落下，成为撩人一景，但群芳有人爱惜，柳絮却是任其飘落。这一传神描述既写出杨花的特点，而又隐含思妇的状况，为写人言情留下了许多空间。"非花"一词，更是提醒读者词作并非着力于描花，而更注目于咏怀。"抛家"以下，写杨花飘落，如弃妇无归。以拟人手法将杨花喻为伤春思妇，又以女性情态描摹柳絮的盈盈之态，浪迹天涯的无情杨花有了人之情思，柔肠百结的思妇更显萦损之态。花人合一，相互辉映，凄凉欲绝。"梦随"数句，杨花纷纷坠地时而随风上扬飘舞不定的姿态，恰似思妇梦随郎君心意决绝，却被莺呼起只剩空虚怅惘。思妇之神，杨花之魂，尽皆表达得出神入化。

下阕将无限怨恨一笔宕开，转而以"落红难缀"之恨引出落花飘零以陪衬杨花，由笔传情，更深沉地写出杨花委尘的无限悲恨。"晓来雨过"，杨花也当如落红一样，花落形销，魂亡无迹。思量、情思、追寻都被雨打得无影无踪。相传杨花落水会化为浮萍，"一池萍碎"，既是对杨花飘落之后的传神描写，着一"碎"字又似思妇破碎的心。"春色三分"又将"西园落红"带入，落花飘零，再难寻觅，惜春之情，对此尘土流水而更增伤感。结句"细看来，不是杨花，点点是离人泪"，将飘零杨花与思妇情思绾结一处，那湿淋淋像泪的杨花，恰似思妇的点点眼泪。物与人，景与情交融一体，达到浑化无迹之境。

本词意象朦胧，明咏杨花，暗咏思妇，离形取神，从虚处摹写，笔致轻灵飞动，抒情幽怨缠绵。本词一出，超出当时章质夫已经名声颇大的原作。后人认为诗人更似原作，章词倒似和作。

水调歌头

苏 轼

丙辰中秋①，欢饮达旦，大醉，作此篇，兼怀子由②。

明月几时有？把酒问青天③。不知天上宫阙④，今夕是何年。我欲乘风归去，又恐琼楼玉宇⑤，高处不胜寒⑥。起舞弄清影⑦，何似在人间！ 转朱阁⑧，低绮户⑨，照无眠。不应有恨，何事长向别时圆？人有悲欢离合，月有阴晴圆缺，此事古难全。但愿人长久，千里共婵娟⑩。

【注释】

①丙辰：宋神宗熙宁九年（1076）。

②子由：苏轼之弟苏辙，字子由。

③"明月"两句：化用李白《把酒问月》："青天有月来几时，我今停杯一问之。"

④天上宫阙：指月中宫殿。阙，古代宫殿前左右竖立的楼观。

⑤琼楼玉宇：美玉建筑的楼宇，指月中宫殿。《大业拾遗记》："瞿乾祐于江岸玩月。或问此中何有，瞿笑曰：'可随我观之。'俄见月规半天，琼楼玉宇烂然。"

⑥不胜：不堪承受。

⑦弄：玩。

⑧朱阁：朱红的华丽楼阁。

⑨绮户：雕饰华美的门窗。

⑩婵娟：月里嫦娥，指明月。谢庄《月赋》："美人迈兮音尘绝，隔千里兮共明月。"唐许浑《怀江南同志》："唯应洞庭月，万里共婵娟。"

【鉴赏】

这是一首脍炙人口、流传千古的咏月怀人词。在对明月的追问和对兄弟的思念中，作者完成了一次关于宇宙、时空和情怀的激情宣泄与心灵超越。

上阕写对月饮酒，思融于景。起句陡然发问，奇思妙语，破空而来，既是面对明月思绪万千而不得不发，更是激情喷涌而凝成一问。如果说李白"举杯邀明月""停杯一问之"是淡然相询，此处"把酒问青天"的苏轼则既是与月相知不必客气，也是胸多块垒而无暇礼让。此词作于宋神宗熙宁九年（1076）中秋，当时作者因与王安石意见相左，出任密州知州。但作者不问尘世荣辱而问明月几时，一笔将俗世排开，而代之以澄明之境。"明月几时有"，既像是在追问明月的起源、宇宙的诞生，又好像是在惊叹造化的神妙，这时，其他的一切似乎都已经不复存在，而只剩下与月对话的我和高悬于天的月。

在与月的对话中，作者的心向上飞升，像天上宫阙已近在眼前，即可看清青天之上是怎样一个与人间不同的世界。这个世界是怎样让作者等待和向往啊！越向往明月相伴，便越见对现实隐含的不满。"我欲乘风归去"，是面对明月、追问明月的自然结果，也是作者面对现实时老庄思想的又一体现。常抱超然物外思想的作者像就要出世登仙，回到他的归宿——明月那里了；读者也将随着他的乘风归去而见皎洁月色了。但作者笔锋一转，"又恐琼楼玉宇，高处不胜寒"，像出世之途也充满艰辛。"起舞"两句，词意再转，似又该回到人间，但作者并不坐实，而让朦胧月下的清舞、似真似幻的境界、出世入世的迷茫交织融会，形成一个迷离缥缈的世界。

下阕转写对月怀人而情景交融。随着夜色渐深，明月安静地照着失眠的人。在月光"转朱阁，低绮户"的抚慰中，喷涌的激情和连绵的追问渐趋平缓。出世入世的困惑、宇宙洪荒的去来虽然一如既往，而更深夜阑之后，尤其是独对江湖之时，怀念亲人之思油然而生。作者早年与其弟苏辙曾有"功成身退、夜雨对床"之约，而今抱负难展，月下徘徊，而进退于出世入世之间，此处想念子由不是一般的思亲念友，更是对知己的深切怀念，对同道的殷殷呼唤。明月在天，而知己天涯，那曾经令人无限向往的明月也是可怨的了："不应有恨，何事长向别时圆？"怨月越深，怀人之思越浓，孤独之意越厚。一个"长"字，将此情怀推至极端。心情至此，人何以堪？直欲让人"独怆然而涕下"。但苏轼是旷达的，也是笔致自由的，他像在无可转圜之地别开生面，仍然从月上翻出另一番天地。"人有悲欢离合，月有阴晴圆缺"，这一旷古不变的事实既使作者无言以对，也让作者情绪渐稳。在时空的永恒中，作者完成了对自己内心的超越，而归于平静。"但愿人长久，千里共婵娟"，在这超旷的祝福中，人的内心矛盾和怀人之思浑然莫辨，而又起于月归于月。本词构思巧妙，跌宕起伏而又浑然一体。

历史上，历来对此词推崇备至。《苕溪渔隐丛话》云

"中秋词，自东坡《水调歌头》一出，余词尽废"，将本首词推为中秋词中的第一，并非溢美。

念奴娇

苏 轼

赤壁怀古

大江东去①，浪淘尽、千古风流人物②。故垒西边③，人道是、三国周郎赤壁④。乱石穿空，惊涛拍岸，卷起千堆雪。江山如画，一时多少豪杰！ 遥想公瑾当年，小乔初嫁了⑤，雄姿英发⑥。羽扇纶巾⑦，谈笑间、樯橹灰飞烟灭⑧。故国神游⑨，多情应笑我、早生华发⑩。人生如梦，一尊还酹江月⑪。

【注释】

①江：指长江。

②淘：淘汰。风流人物：指出色的英雄人物。

③故垒：古代的营垒。

④人道是：意谓据人们讲。周郎：周瑜，字公瑾，赤壁

之战时的吴军主将。

⑤小乔：乔公的幼女，嫁给了周瑜。

⑥英发：指见识卓越，谈吐不凡。

⑦羽扇纶（guān）巾：鸟羽做的扇和丝带做的头巾，三国六朝时期儒将常有的打扮。

⑧樯橹：指曹操率领的将军。樯，桅杆。橹，桨。

⑨故国：旧地。此指赤壁古战场。

⑩华发：花白的头发。

⑪酹（lèi）：以酒浇地表示祭奠。

【鉴赏】

本首千古绝唱之词为作者豪放词的代表作之一，也是北宋词坛上最引人注目的作品之一。宋神宗元丰五年（1082）七月，作者因诗文讽喻新法，被新派官僚罗织论罪贬谪到黄州。本词即是他游赏黄冈城外的赤壁矶时借景怀古抒感而写。

上阕侧重写景。开篇从滚滚东流的长江着笔，随即用"浪淘尽"将浩荡大江与千古人物联系起来，布置了一个极为广阔而悠久的时空背景。它既使人看到大江的汹涌奔腾，又使人想见风流人物的非凡气概，体会到作者兀立长江岸边对景抒情的壮怀，气魄极大，笔力超凡。面对眼前恢宏奇伟的江山景色，作者不禁联想到曾经发生的千古赤壁鏖战。紧接着"故垒"两句，点出这里是传说中的古代赤壁战场。当年周瑜以弱胜强大败曹兵的赤壁之战的所在地向来各说不一，苏轼在此不过是借景怀古的抒感而已。可见"人道是"下得极有分寸，而"周郎赤壁"也契合词题，并为下阕缅怀公瑾埋下伏笔。接下来"乱石"三句，集中描绘赤壁风景：陡峭的山崖高插云霄，汹涌的骇浪搏击着江岸，翻滚的江流卷起万千堆澎湃的雪浪。作者从不同的角度而又诉诸不同感觉的浓墨健笔的生动描述，一扫平庸萎靡的氛围，把读者顿时带进一个奔马轰雷、动魄惊心的奇险境界，使人豁然开朗，精神抖擞。歇拍二句，总结上文，带起下阕。"江山如画"，这冲口而出的精绝赞美，是作者和读者从前面艺术地摹写大自然的壮丽画卷中自然获得的感悟。如此多娇的锦绣山河，怎不孕育和吸引无数英雄！三国正是"风流人物"辈出的时代，真是"一时多少豪杰"。

　　下阕由"遥想"领起，用五句集中笔力塑造卓异不凡的青年将领周瑜的形象，表达了自己对前贤的追慕之情。作者在历史事实的基础上，经过艺术的提炼和加工，将周瑜的雄才伟略风流儒雅刻画得栩栩如生。尤其是在写赤壁之战前，忽插入"小乔初嫁了"这一生活细节，以妙龄美人辉映英俊将军，更显出周瑜的丰姿潇洒，韶华似锦，年轻有为。"雄姿英发""羽扇纶巾"是从肖像仪态上描述周瑜束装儒雅，风度翩翩。这样着力刻画其仪容装束，恰反映出作为指挥官的周瑜临战潇洒从容，成竹在胸，稳操胜券。"谈笑间、樯橹灰飞烟灭"，抓住火攻水战的特点，精当地概括了整个战争场景。作者仅以"灰飞烟灰"四字，就将曹军的惨败情景形容殆尽，这是何等的气势！然而作者"故国神游"后猛跌入现实，联系自己的遭际：仕路蹭蹬，有志报国却壮怀难酬，白发早生，功名未就。因而顿生感慨，发出自笑多情、光阴虚掷的叹惋。"人生如梦，一樽还酹江月"，结语看似消极，实是作者对自己怀才不遇的不平之鸣和自我安慰，可谓慷慨豪迈之情归于潇洒旷达之语，言近而意远，耐人寻味。本词在对江山的激情赞美和对英雄的倾心颂扬之中，饱含了作者指点江山、品评人物的豪迈之情，同时也透露出作者壮志难酬的感慨。

临江仙

苏　轼

夜归临皋[①]

夜饮东坡[②]醒复醉，归来仿佛三更。家童鼻息已雷鸣[③]。敲门都不应，倚杖听江声。　　长恨此身非我有[④]，何时忘却营营⑤！夜阑风静縠纹平。小舟从此逝，江海寄余生。

【注释】

①夜归临皋：一作"壬戌九月，雪堂夜饮，醉归临皋作"。临皋，在湖北黄冈南长江边。苏轼谪居黄州时，友人马正卿助其垦辟的游息之所，筑雪堂五间。

②东坡：在湖北黄冈之东。苏轼谪居黄州时，筑室于东坡，故以为号。

③鼻息已雷鸣：唐衡山道士轩辕弥明与进士刘师服等联句毕，倚墙而睡，鼻息如雷鸣。（见韩愈《石鼎联句》序）

④此身非我有：《庄子·知北游》："舜曰：'吾身非吾有也，孰有之哉？'曰：'是天地之委形也。'"

⑤营营：周旋貌，指为功名而劳碌。

【鉴赏】

本词为醉归临皋抒怀，作于神宗元丰五年（1082）谪居黄州时所作。

上阕写饮酒醉归。诗人选取了其中三个片段进行描述。起笔直叙其事，交代饮酒时间、地点。"醒复醉"三字，见作者必欲谋醉以忘忧的心态。其时东坡贬谪待罪，心情苦闷，故借酒消愁一巡又一巡。"归来"已在回家路上，夜已深沉。"仿佛"一词，言其醉酒而归迷离恍惚之态。接下去三句，作者已到了家门前。可夜已是如此深沉，站在门外，居然能听到屋内家童的鼾声。夜之安静，夜之深沉，于此一声音中侧面烘托尽出。

"敲门"两句叙作者的行动。此刻，作者已渐酒醒，静夜当中似乎更获得了一种清醒和宁静，而拄着手杖去江边静听江流的声音。这一身影，使人见到作者的不为俗羁、随缘自适、洒脱出尘的襟怀。"江声"暗示其反思往事，心潮起伏，为下阕抒情做好铺垫。

下阕承前抒发感慨。从静夜奔腾不息的江流声中，作者渐渐醒来，回思往事，反观现在，感慨油然而生。"长恨此生非我有，何时忘却营营"这一化用《庄子》语意而不着痕迹之语，是其心灵深处的由衷感叹和深切呼喊。

用"长恨""何时"，语气强烈，情感深沉。"夜阑"句笔意转缓，明写外部世界风静水平之象，暗写作者心境终于归于宁静与超脱。"小舟"两句写其超脱之后的人生选择：随江水而逝，寄生江海，人的生命主体也便不受任何束缚而归于自由。本词至此收尾，浑然天成，境界高妙。

定风波

苏 轼

三月七日沙湖道中遇雨[1]，雨具先去，同行皆狼狈，余独不觉。已而遂晴，故作此词。

莫听穿林打叶声，何妨吟啸且徐行。竹杖芒鞋轻胜马[2]，谁怕？一蓑烟雨任平生[3]。　　料峭春风吹酒醒，微冷，山头斜照却相迎。回首向来萧瑟处，归去，也无风雨也无晴。

【注释】

①三月七日：宋神宗元丰五年（1082）的三月七日。时苏轼谪居黄州，即今湖北黄冈。　沙湖：在黄冈东三十里。

②芒鞋：芒草编结的草鞋。

③一蓑烟雨：喻指人世的风雨烟波。蓑，蓑衣，蓑草编织的防雨具。此处为虚指。

【鉴赏】

外出遇到下雨，本来是十分平常的事，但作者以小见大，平中见奇，通过对眼前风雨等闲视之的描述，抒发了从容面对人世沉浮的胸襟气度。

上阕起句直抒面对风雨的态度。穿透树林、击打树叶沙沙成声的雨，堪可令人惊慌失措，或者狼狈不堪。但作者的态度不但是"莫听穿林打叶声"，将外界风雨置之度外，甚至可以在风雨中缓步行走，吟诗作啸，其从容泰然，他人难及。"莫听""何妨"相互呼应，随口道出，更见超然态度。后三句承前细写。竹杖芒鞋本粗陋无以抗风雨，可在面对风云变幻安然处之的作者看来，比之高头大马甚至更加轻便。一句反问"谁怕"，不但超然，更见傲然之态。最后一句收束上阕，言作者直欲"一蓑烟雨任平生"，何况偶然途中遇雨？此一超旷论说，使此前的雨中行走不是一时兴起，而是作者基本人生态度的表现。下阕一转，以料峭春风吹得酒醒转出另一境界。"酒醒"，意味着前述傲然行为、超旷议论带有一些醉意。此时风之料峭，雨之冷冽，使作者在"微冷"中醉意顿消，前此态度似乎也颇值得怀疑。但作者以"山头斜照却相迎"的描述另推新境，产生柳暗花明之效果，作者也在自然风雨的阴晴变幻中获得更深沉的领悟，而非一时的醉中壮语。

这首词构思巧妙，平中见奇，从遇雨之吟啸徐行升华为超然世外，不以物喜，不因己悲，从而使人在沉浮荣辱中以人格的超旷消解所遇到的挫折磨难，立意高远，非常人能匹。

卜算子

苏 轼

黄州定惠院①寓居作

缺月挂疏桐，漏断②人初静。谁见幽人③独往来，缥缈孤鸿影。　　惊起却回头，有恨无人省④。拣尽寒枝不肯栖，寂寞沙洲冷。

【注释】

①定惠院：黄冈东南的寺院。

②漏断：漏中水滴尽了，指已经夜深。漏，古代盛水滴漏计时之器。

③幽人：幽居之人。此处苏轼以幽人、孤鸿自况。

④省（xǐng）：知晓。

【鉴赏】

作者曾在神宗元丰二年（1079）突然遭到逮捕，险遭杀头，这就是有名的乌台诗案。黄州是乌台诗案后作者的贬所。本首词抒写作者贬居黄州后幽寂孤独、忧生惊惧之作，大概作于神宗元丰三年（1080）至元丰五年（1082）期间。

上阕首先营造了一个幽独孤凄的境界。残缺之月、疏落梧桐、滴漏断尽，一系列寒冷凄清的意象，构成了一幅萧疏、凄冷的寒秋夜景。"景语即情语"，这一冷色调的景色描述，其实是人物内心孤独落寞的反映。寥寥几笔，人物内心的情感已隐约可见。"谁见"两句，用一个问句将孤独落寞的人推到前台。

由于古诗词独特的多义句法，这句词表达了更为丰富的含义：其一是作者自叹，谁见我幽居之人寒夜难眠呢？知我者只有"缥缈孤鸿影"。其二，寒秋深夜当中独自往来的幽人，正是像那夜半被惊起的缥缈孤鸿影啊。在此，幽人与孤鸿，两相映衬，其类虽异，其心则同。事实上，幽人就是孤鸿，孤鸿就是幽人，这一种互喻叠映关系，使下阕所写孤鸿，语义双关，词意高妙。反问句的使用，使得词作情感加强。

下阕承前而专描述孤鸿。描述了被惊起后的孤鸿不断回头和拣尽寒枝不肯栖的一系列动作。孤鸿的活动正是作者心境的真实写照。作者因乌台诗案几乎濒临死地，曾在狱中做了必死的打算，这时虽然出狱，而惊惧犹存；异乡漂泊，奇志难伸，只令人黯然神伤，百感交集。"有恨无人省"是作者对孤鸿的理解，更是孤鸿的回头牵动了自己内心的诸多隐痛忧思。"拣尽寒枝"是对孤鸿行动的描述，更是对自己光辉峻洁人格的写照，并暗示出当时的凄凉处境。作者为人正直有操守，为官坚持自己的政治立场，故新旧两党虽均将之排斥为异己，作者却并不愿放弃自己的立场。这正如"拣尽寒枝不肯栖"的孤鸿：即使无枝可依，也仍然有自己的操守。

曹操《短歌行》云："月明星稀，乌鹊南飞。绕树三匝，何枝可依？"作者此词化用曹操此意，但却境界不同，作者词中的孤鸿，虽然有乌鹊的凄凉境地，但更多的是面对各种逆境的自我选择，从而凸显人物内心中的孤傲，寂寞中的奇志，使作者从自怜自叹中升华为另一种人格境界。

本词明写孤鸿，暗喻自己，鸿人合一，不即不离，确实当得黄山谷的至评："语意高妙，似非吃烟火食人语，非胸中有数万卷书，笔下无一点尘俗气，孰能至此？"

青玉案

苏　轼

和贺方回韵，送伯固归吴中故居①

三年枕上吴中路②，遣黄耳③，随君去。若到松江呼小渡④，莫惊鸥鹭，四桥尽是⑤，老子经行处。

《辋川图》上看春暮⑥，常记高人右丞句⑦。作个归期天已许⑧，春衫犹是，小蛮针线⑨，曾湿西湖雨。

【注释】

①该词作于哲宗元祐七年（1092）。贺方回，名铸，号庆湖遗老，宋代词人。其《青玉案》原作为："凌波不过横塘路，但目送、芳尘去。锦瑟华年谁与度？月桥花院，琐窗朱户，只有春知处。　飞云冉冉蘅皋暮，彩笔新题断肠句。试问闲愁都几许？一川烟草，满城风絮，梅子黄时雨。"伯固，苏坚的字，曾任杭州监税官。吴中，今江苏苏州，苏坚的家乡。

②三年：苏坚随苏轼在杭，已三年未归。

③黄耳：晋陆机爱犬名。《晋书·陆机传》载，机有黄犬，能从洛阳带书信到吴，又从吴带书信返洛。

④松江：吴淞江。小渡：渡船。

⑤四桥：指姑苏垂虹桥、枫桥等四桥。

⑥《辋川图》：唐代诗人王维绘于蓝田清凉寺的壁画。王维有别墅在西安东南蓝田县境的辋川。

⑦高人：高士。高洁的隐士。右丞：王维曾做过尚书右丞。杜甫《解闷》："不见高人王右丞，蓝田丘壑漫寒藤。"

⑧天已许：指已获朝廷许可。

⑨小蛮：白居易的家伎，以腰肢柔软称名。这里以代指苏轼侍妾朝云。

【鉴赏】

本首是一首送别词，是作者知杭州时为送苏坚归吴中而写。

苏坚字伯固，在杭州曾助作者浚西湖，修长堤，与作者相友善。但作者此词别开生面，落墨不在"别"而在"归"。

上阕写送友归去吴中。"三年"两句写对友人的理解和惜别。伯固随作者三年，枕上魂牵梦萦希望归去，而今成行，作者既为此欣喜，为朋友高兴，也为朋友即将离别而生眷恋。但欣喜为主，故可洒脱地"遣黄耳，随君去"，希望伯固去后可以遥致书信，以慰朋友挂念之心。"若到"以下，想象伯固沿途景象。松江小渡，鸥鹭四桥，都是作者曾游之处，虽是想象，亲切如在目前，使人顿生物我两忘之心，也生思旧慕归之意。

下阕写思归情怀。"辋川图"既是写吴中风光如画，也借王维"辋川图"一典表达归隐情怀。作者宦海沉浮，始终不忘归隐以求身心的宁静自由。王维后期的隐居生活和词中情调便成了苏轼常常羡慕感叹的对象。在词中，伯固思归已然成行，自己则更因伯固之归吴中而感叹自己欲归而不得归。

"作个归期"为铺垫蓄势之后直接吐露心愿，这一愿望强烈如斯，竟然连天都感动了。被西湖雨淋湿的春衫便是天已许的证明了。此处的天，既是自然的青天，也隐指握有士人命运的朝廷。春衫湿，是送别时雨景，也是惜别时情谊，更使人思念做春衫之人。"小蛮"一词，借白居易姬人名指爱妾朝云。春衫上细针密线，皆是相思密意，更增归隐之意。

本词，明写送友归乡，暗写自己思乡怀归。典故贴切，表意丰富；语言自然流畅，虽是和贺铸韵，却无丝毫勉强处。

贺新郎①

苏　轼

　　乳燕飞华屋。悄无人、桐阴转午②，晚凉新浴。手弄生绡白团扇③，扇手一时似玉④。渐困倚、孤眠清熟⑤。帘外谁来推绣户？枉教人、梦断《瑶台曲》，又却是，风敲竹。

　　石榴半吐红巾蹙⑥。待浮花、浪蕊都尽⑦，伴君幽独。秾艳一枝细看取，芳心千重似束⑧。又恐被、西风惊绿⑨，若待得君来向此，花前对酒不忍触。共粉泪，两簌簌⑩。

【注释】

　　①此词作于苏轼出守杭州时，约在哲宗元祐四年（1089）至六年（1091）间。《古今词话》："苏子瞻守钱塘，有官妓秀兰……子瞻因作《贺新郎》，令歌以送酒。"

　　②桐阴转午：指桐树影移，时光过午。

　　③生绡：未经过捶捣、练丝程序的丝织物。制衣需织物柔软，故加以捶练；制扇需织物挺括，故用生丝。

　　④扇手：白团扇与素手。

⑤清熟：安稳熟睡。

⑥"石榴"句：化用白居易《题孤山寺山石榴花示诸僧众》："山榴花似结红巾。"

⑦浮花、浪蕊：指浮艳争春的花朵。韩愈《杏花》："浮花浪蕊镇长有，才开还落瘴雾中。"榴花夏开，两句言榴花繁盛时，百花俱已零落。浮、浪，有轻薄意，言其不能长久。

⑧芳心千重：以女人喻花，形容石榴花瓣的重叠。

⑨西风惊绿：言秋风起后，榴花凋谢，只剩下绿叶。皮日休《石榴歌》："石榴香老愁寒霜。"

⑩簌簌：出于元稹诗："风动落花红簌簌。"

【鉴赏】

本词的写作背景，无有定说，故词的兴寄深意，也殊难确认。但千年之下，众所公认，这首词无疑是佳作。

上阕一开篇几笔勾勒，便活画出一处幽独静寂的华美屋宇。其间，"晚凉新浴"的佳人在这种幽雅静谧的气氛中若有所思。"手弄"两句，是出浴佳人举止神形的一个特写。"团扇"是古代女性悲剧命运的象征，"手弄团扇"的下意识动作，带有佳人被弃的深意幽思。而团扇所衬出的佳人冰肌玉骨，具有一种脱俗超尘的韵致。"渐困倚"一句，写佳人浴后困倦袭来，沉沉入睡。"孤""清"两字，点出佳人处境和心境的孤寂冷清，也与前面所描述的环境协调相同。"帘外"三句写人梦后情景：睡梦中恍惚有人推窗，惊醒瑶台好梦，若有所待醒来一看，可是哪有人影？只有风敲竹的声音，徒增人怅惘烦恼罢了。

下阕则写榴花，而花人相映。首句描述石榴浓艳之状，用"蹙"字形容半吐榴花，兼有佳人蹙眉含颦风致。"待浮花"两句，以拟人手法将晚开之石榴写得不同凡俗：无意争春，晚芳独放，在群芳过后的寂寞中"伴君幽独"，不单浓艳，更是气节不凡。

"秾艳"两句，进一步渲染花之美好形态，也比喻佳人内心的愁结幽思。"又恐被"几句，担心芳容难久，很快被风吹得零落衰飒。只怕君来时已无秾艳可以看取，而只能对酒花前，见榴花之残蕊与佳人之眼泪了。

胡仔云："东坡此词，冠绝古今，托意高远。"后世对此词众说不一，就在于以花喻佳人虽显，但佳人是否有喻君臣遇合或者独守节操之意，却在若即若离之间，难以坐实。但这种情形更显出本词意境的深远与读解的多种可能性。

洞仙歌

苏　轼

　　仆七岁时，见眉州老尼^①，姓朱，忘其名，年九十余。自言尝随其师入蜀主孟昶宫中^②。一日大热，蜀主与花蕊夫人夜起避暑摩诃池上^③，作一词。朱具能记之。今四十年，朱已死矣，人无知此词者，但记其首两句，暇日寻味，岂洞仙歌令乎^④？乃为足之云^⑤。

　　冰肌玉骨^⑥，自清凉无汗。水殿风来暗香满^⑦。绣帘开，一点明月窥人，人未寝，欹枕钗横鬓乱^⑧。　　起来携素手，庭户无声，时见疏星渡河汉。试问夜如何^⑨？夜已三更，金波淡^⑩，玉绳低转。但屈指西风几时来，又不道流年暗中偷换。

【注释】

　　①眉州：今四川眉山。词作于神宗元丰五年（1082）。

　　②孟昶（chǎng）：五代时蜀国后主。与南唐中主李璟、后主李煜同时，好填词，知音律，在位三十一年，国亡

降宋。

③花蕊夫人：孟昶妃。陶宗仪《南村辍耕录》："蜀主孟昶纳徐匡璋女，拜贵妃，别号花蕊夫人。意花不足拟其色，似花蕊之翾轻也。"摩诃池：建于隋代，前蜀改称宣华池，水边建殿阁楼亭，称宣华苑。故址在今成都城外昭觉寺。

④洞仙歌令：即洞仙歌。其调首见于苏轼《东坡词》，又名《洞中仙》《羽仙歌》《洞仙歌慢》等。

⑤足：补足。

⑥冰肌：肌肤像冰雪一样莹洁。《庄子·逍遥游》："藐姑射之山，有神人焉，肌肤若冰雪，绰约若处子。"

⑦水殿：筑在摩诃池边的便殿。

⑧欹（qī）：同"倚"，斜靠。

⑨夜如何：《诗经·小雅·庭燎》："夜如何其，夜未央。"

⑩金波：指月光。

【鉴赏】

这首词兴起于席间佐欢，所以多唱男女爱情、女性风情等内容，一直被世人称为艳词。可作者此词虽写女人体态，却写得既见旖旎风姿，更显出超逸气韵。

上阕写暑夜花蕊夫人水殿倚枕纳凉之容态。"冰肌玉骨，自清凉无汗"两句，据其序当为蜀主孟昶的佚词残句，以冰、玉形容美人肌骨之冰莹玉润，不但见其天生丽质，更将夏夜之暑气与人世之俗气一笔排开。作者借此所留下的空间和奠定的基调，展开想象，完成了一幅绝妙的夏夜消暑图。作者选取了几个细节，勾勒出环境的清丽和佳人的慵困。水殿、绣帘、明月，只见夏夜中的清凉，而将"大热"迹象淡化出摩诃池以外，使环境与佳人的脱俗协调一致。"暗香"这一朦胧意象，更是兼摄摩诃池荷风之清香与佳人冰肌暖玉之体香，写得艳而不俗。"绣帘开"几句，既是从一个特定的角度在朦胧的月光掩映中见出花蕊夫人的美丽风姿，又以明月像也在偷看佳人的奇妙想象从侧面衬托出佳人的绰约多姿。"欹枕钗横鬓乱"一句，直出现一幅暑热中慵懒娇柔佳人纳凉图，使前面的烘托渲染落到了实处。

下阕写想象当中携手赏月的蜀主及花蕊夫人相对夜色而生的流年之慨，纯是凭空想象，却情景交融，妙合无垠。"起来"两句写宁静深夜中的君妃同望流星划过银河，以携手月下的爱侣隐对隔河相望的牛郎织女，宁静幸福感中而又隐隐有一丝好景难常的怅惘。"试问"以下，像深夜时喁喁私语的对话，既勾勒出一幅月波淡淡、星斗暗转的深夜景色，又将这一丝幸福中的怅惘若隐若现地传出。好像既盼着送爽的西风退暑，又像伤感着秋暮的草木摇落之悲。

八声甘州

苏　轼

寄参寥子

　　有情风万里卷潮来，无情送潮归①。问钱塘江上，西兴浦口②，几度斜晖③？不用思量今古，俯仰昔人非④。谁似东坡老，白首忘机⑤。　　记取西湖西畔，正春山好处⑥，空翠烟霏。算诗人相得，如我与君稀。约他年、东还海道，愿谢公雅志莫相违。西州路，不应回首，为我沾衣。

【注释】

　　①"有情"两句：隐喻本词的时间、地点与来由。潮指钱塘潮。杭州东南钱塘江边有一巽（xùn）亭，苏轼与僧友参寥曾在巽亭观潮唱和。

　　②西兴：在钱塘江南，今杭州市对岸，属萧山，是古时从萧山到杭州的重要渡口。

　　③斜晖：落日的光辉。

　　④"不用"两句：应作一句读，即用不着去思量古今

兴废，也用不着去俯仰昔人的是与非。

⑤忘机：即泯灭机心，无意功名利禄。机，指机心，即机诈权变的心机。

⑥春山：春天的山色风光。

【鉴赏】

本首词是作者作于元祐六年（1091）在杭州知州召为翰林学士承旨，将离开杭州赴汴的寄赠之作，为其豪迈超旷风格的代表作之一。受赠者参寥子（子为尊称），是一僧侣，号道潜，於潜（旧县名，今并入浙江临安市）人，善诗词，与东坡极友善，且交往密切。

本词上下阕都以景语发端，议论继后，但融情入景，并非单纯写景；议论中又伴随着激越深厚的感情一并流出，大气包举，格调高远。写景、说理，其核心全在首句一个"情"字，有情与无情，都是抒写作者历经坎坷后对人生的深沉感慨。

上阕首两句写钱塘江潮一涨一落，但对"涨"说"有情"，对"落"说"无情"。而此处"无情"并非指自然之风本乃无情之物，而是指已被人格化了的"有情"之风。这有情之风从万里之外将江潮席卷而来，却又无情地送江潮迅速归去。起句即突兀而起，且"有情风"三字开笔不凡。接以"万里卷潮来""无情送潮归"，并列之中却能体会是以后者为主。突出了本词是抒写"离情"的特定场景，而非一般的咏潮之作。潮涨潮落，实含有聚散离合之意。

下三句实为一个领字句，以"问"字领起。在钱塘江上，在西兴渡口，作者与友人多少次在残阳的余晖中观赏那钱江大潮的起落呀！"斜晖"二字，一则承上"潮归"，因落潮一般都在傍晚时分；二则此景在古诗词中往往是与离情结合在一起的特殊意象。在这夕阳的余晖下增添了多少离人的愁苦！

"不用"以下四句为议论，而议论是紧承写景而出。万里长风卷潮来送潮去，像有情实无情，古今兴废莫不如此。这里，作者对于古今变迁、人事代谢，一概置之度外，处之泰然。

"谁似"两句，是进一步申说此意。时年作者已五十六岁，按"古稀之龄"看来，已垂垂老矣，故云"白首"；人到老年早已泯灭机心，无意功名利禄，达到超尘绝世、淡泊宁静的心境，故云"忘机"。这四句可以看出，诗人是以此自豪和自夸的。

下阕前三句又写钱塘附近西湖山水的美好。南江北湖，都是记叙作者与友僧参寥在杭州的游赏活动。本词作于三月，正值春季，特别叮嘱"记取"这段西湖之春的山色水景，以留作别后的追思。"空翠烟霏"正是对"春山"风光的具体描述。这样，词意从山水美景直接过渡到"归隐"

的主旨了。

"算诗人"两句，先写与参寥的相知之深。参寥诗名甚著，作者曾称赞他"诗句清绝"。他与作者肝胆相照，苏轼屡次被贬斥，他都不远千里跟随出游，唱和安慰。

这就难怪作者算来算去，像自己和参寥这样亲密无间、荣辱不渝的挚友，在世上是不多见的了。如此志趣相投，正是归隐的佳侣。这两句使词意自然移接下文。

结尾几句用了东晋谢安、羊昙的典故。谢安有退隐东山之志，但其志尚未遂就，却遇疾病而亡。其外甥羊昙曾追随于他，"哀其零落归山丘"，在其逝处恸哭而去。

这里苏轼以谢安自喻，以羊昙喻参寥。意思是说，我们约定好，他年我从东边海道返回归隐的志向一定要实现，以防老朋友像羊昙那样在西州路上不堪回首地为我痛哭和抱憾。超然物外，寄情山水，确实是作者重要的人生理想，也是这首词着重加以发挥的"归隐"主题。

本词语言明快，音调铿锵。更妙在无一字豪宕，无一语险怪，却见万里风潮卷地而来，突兀而去，像作者胸中藏有数万甲兵，在钱塘江上布阵。本词词意骨重神寒，却又出以闲逸感喟之情，像神仙般闲逸旷远，不食人间烟火。这种超然物外的心态，真实地交织着诗人人生矛盾的苦恼和蹈厉的豪情，使本词有蕴含不尽的情趣和思索不尽的哲理。

江城子

苏 轼

密州出猎①

老夫聊发少年狂②，左牵黄③，右擎苍④，锦帽貂裘，千骑卷平冈。为报倾城随太守⑤，亲射虎，看孙郎⑥。　　酒酣胸胆尚开张⑦，鬓微霜⑧，又何妨。持节云中，何日遣冯唐⑨？会挽雕弓如满月⑩，西北望，射天狼⑪。

【注释】

①密州：今河南省新密市，苏轼写此词时在这里任太守。

②老夫：苏轼自指。作者时年仅四十。聊：暂且。狂：指豪情。

③牵黄：牵着黄犬。黄，借指黄狗。

④擎苍：肩臂上架着苍鹰。苍，借指苍鹰。

⑤为：为我、替我。倾城：全城的人。太守：苏轼自指。

⑥孙郎：即孙权。典出《三国志》，孙权未当吴政时即为少年英雄，曾骑马用双戟射死猛虎。

⑦酒酣：酒喝得很畅快。尚：更加。

⑧鬓微霜：鬓角长出了少许白发。

⑨"持节"两句：典出《前汉书》，汉文帝时云中太守魏尚抗击匈奴有功，但因报功不实，获罪削职。后来文帝听了大臣冯唐的话，又派冯唐持节去赦免魏尚，命他仍当云中太守。节，符节，是古代派遣使者或调兵时用作凭证的东西。用竹、木、玉、铜等制成，刻上文字，分成两半，一半存朝廷，一半给外行官员或出征将帅。

⑩会：将要。

⑪天狼：星座名，又名犬星，古人认为它的出现主侵掠之灾。这里用来代指经常在北宋边境侵扰掠夺的辽国和西夏。

【鉴赏】

这是作者的一首抒豪情、寄壮志的豪放词。场面热烈，气势宏伟，大有"横槊赋诗"的气概。

上阕重点写出猎。出猎，对于像作者这样的文人来说，或许是偶然的一时豪兴。所以开篇便说"老夫聊发少年狂"。狂者，豪情也。本词纵情放笔，气概豪迈，一个"狂"字贯穿本篇。看今日一个文人左手牵黄犬、右臂架苍鹰，好一副出猎的雄姿！随从武士一个个也都花帽皮衣，着打猎装束，平缓的山冈上千骑奔腾，沙尘飞扬，场面十分壮观！"太守"，指作者自己。他下令说：快快替我告诉全城的老百姓，统统跟随我出去打猎，看我像当年吴国的孙权那样，亲自弯弓射虎吧！如此声情口吻，足见他何等豪兴！孙权射虎，时值风华正茂之年，四十多岁的诗人如今也要射虎，可见其英雄豪气，不减当年的孙郎，真是在"发少年狂"。读到这里，我们已经清晰地看到一个意气风发的"狂人"形象：太守出猎而须"报"知老百姓跟随去看，其狂一也；出看而须"倾城"，其狂二也；猎必"射虎"，其狂三也；自比少年英俊的"孙郎"，其狂四也。这四"狂"，把在"出猎"这一特殊场合下诗人的举止神态表现殆尽。

下阕主要写请战。意境由实而虚，进一步写出了作者"少年狂"的胸怀，抒发了由打猎而激发出来的豪情壮志。作者为人本来就豪放不羁，再加上"酒酣"，就更加豪情洋溢了。"鬓微霜，又何妨"，鬓边添了几根白头发，又有什么要紧？廉颇七十岁了，只要能吃得下几碗饭，就还可上阵杀敌呢！何况此时的作者仅四十多岁，因与王安石政见不和，自请外任密州太守，又正值北宋西北边患频繁，西夏大举进攻。苏轼经这次打猎小试身手，进而便想带兵征伐西夏。"持节云中，何日遣冯唐？"就是表达的这层意思。由此将出猎引出的豪情发挥到了极致。

江城子

苏　轼

乙卯正月二十日夜记梦①

十年生死两茫茫②。不思量，自难忘。千里孤坟③，无处话凄凉。纵使相逢应不识，尘满面，鬓如霜。　　夜来幽梦忽还乡。小轩窗，正梳妆。相顾无言，惟有泪千行。料得年年肠断处，明月夜，短松冈④。

【注释】

①乙卯：宋神宗熙宁八年（1075）。苏轼四十岁，时在密州（今山东诸城）太守任上。

②十年：苏轼妻王弗卒于宋英宗治平二年（1065）五月，至此整整十年。

③千里孤坟：王氏坟在眉州，与苏轼处身的密州相距数千里。

④"料得"三句：写孤坟。唐孟启《本事诗》载孔氏赠夫张某诗："欲知肠断处，明月照孤坟。"

【鉴赏】

作者写这首词是为了悼念亡妻王弗之作。王是作者发妻,卒于英宗治平二年(1065),次年由汴京归葬四川祖茔。作者作此词时,其妻过世正好十年。

上阕写对亡妻的怀念。"十年生死两茫茫"一句,总括全篇。生死永隔又难以忘怀,这样的岁月已持续十年之久,其情之深,其伤之痛,可以见也。"不思量,自难忘",简单平实的六个字,道尽相濡以沫的夫妻感情深厚。这种情感,烙印于心,无须多想却难以忘怀,非时间、空间、生死可以阻断。但深情虽在,却无处诉说。"千里孤坟"两句,写出了爱侣生死永隔的凄苦。"纵使"以下,以一让步假想,推出十年人世风霜。过世已十年也不能忘怀的发妻,当与作者相知甚深,熟悉之至,但在作者的想象中,十年之后,即使有可能相遇,也已不再相识了。因为"尘满面,鬓如霜",而非当初的年少英才了。此处通过想象对方的不认识自己,来自视自己的风雨历程,满怀悲愤辛酸。

下阕写梦见亡妻。"夜来"一句,以幽梦还乡另出新境。一个"忽"字,词意出人意料。"小轩窗,正梳妆",写梦中所见亡妻之形态,像呼之欲出,处处可见,几使人误以为回到了年少情浓的十年前。"相顾无言"又一转,却是十年风霜后梦中相见。夫妻往昔对镜描眉的场景顿时远去,而是千言万语，却无法说出，只能在相对流泪的伤神中心意相通。"料得"三句，梦已醒，人已逝，只有月下怀想：千里之外，短松冈上，年年肠断。想象中凄清幽寂的环境，蕴蓄了无限人世伤感。

对于作者词作，人多注意其豪放词风，然其深婉缠绵处，不乏佳作绝唱。本词深得婉约真蕴，堪称千古悼亡词之魁。

蝶恋花

苏　轼

花褪残红青杏小①。燕子飞时，绿水人家绕。枝上柳绵吹又少②，天涯何处无芳草！　　墙里秋千墙外道。墙外行人，墙里佳人笑。笑渐不闻声渐消，多情却被无情恼③。

【注释】①花褪：指花色衰败。　残红：是指红花已所剩无几。

②柳绵：柳絮。

③多情：此指行人。　无情：此指佳人。

【鉴赏】

本首是感叹春光流逝，美人难见的小词。虽为一己之情怀，却颇具人生哲理，在伤感之中又有勘破人生的旷达豪情。本篇寓情于景，清婉稚丽，深笃超迈，不缠绵悱恻却感人至深，极能体现东坡写情的特点。

上阕写景，抒伤春之感。作者既善于把握暮春的特有风光，又善于借景抒情，在客观地描摹景色时融入自己的深沉感受。起句"花褪残红青杏小"通过写景点出时令。

"残红"再着一"褪"字，花少且已褪色的暮春之景不禁给人几分伤春之意。杏已结果，但"青"又"小"，说明夏天刚到。"燕子飞时，绿水人家绕"两句通过写景交代地点。

此二句承前将视线从枝头移开，转向广阔的空间，心情也随之豁然开朗。空中轻燕斜飞，在村头盘旋飞舞，给画面带来了盎然兴味，增添了动态美。舍外绿水环抱，于幽静之中含富贵气象。一个"绕"字，生动地描述出具体的形象，让人油然而生优美遐想。

"枝上柳绵吹又少，天涯何处无芳草"这最为后人称道的两句，先一抑，后一扬，在跌宕起伏之中，表现出作者深挚的情感和旷达的襟怀。柳絮纷飞表明春已逝，更何况"吹又少"呢？这种写法与"花褪残红"相同却又不露痕迹，故不觉重复，倒有缠绵悱恻之感。"何处无芳草"即到处皆芳草之意。伴随芳草茂的必然是百花残，这对立又统一的自然规律给人的艺术感染却是疏朗中有感伤，深婉动人。

下阕写人，状情不为人解之恼。由于"绿水人家"环以高墙，"墙外行人"只能看到露出的秋千。"行人"听到佳人荡秋千的欢声笑语，却看不到美人的容貌姿态，令人不禁浮想联翩，在想象中产生无穷意味。这种一藏一露的艺术描述，绝妙地创造出一个美丽的充满诗意的境界，情景生动而不流于艳，情感真率而不落于轻，在词史上实属难得。黄蓼园说："'柳绵'自是佳句，而次阕尤为奇情四溢也。"

诗词特别是文字无多的小词，最忌词语重复，而此词"墙里""墙外"的往复循环却妙趣横生。作者将男女之间常有的"单相思"做了高度精当的集中，把"墙外行人"与"墙里佳人"的"多情"与"无情"做了绝妙的对比：佳人欢笑，行人多情，结果是佳人洒下笑声一片，杳然而去；行人凝望秋千，烦恼徒生。最终得出了"多情却被无情恼"这一极富人生哲理的感悟。

第一次读此词，或许会有下阕单相思的喜剧同上阕深沉的伤春情调不甚协调之感。其实，上阕的"春逝难留"与下阕的"佳人难见"都是在感慨"好花不常开，美景不常在"，繁华易逝而已，可谓词意流走，一脉相承。

况上阕中"绿水人家"已暗示为下阕写"墙里佳人"埋下伏笔。可以说作者构思之精心，安排之高妙。

永遇乐

苏 轼

彭城夜宿燕子楼，梦盼盼，因作此词^①

明月如霜，好风如水，清景无限。曲港跳鱼，圆荷泻露，寂寞无人见。紞如三鼓^②，铿然一叶^③，黯黯梦云惊断^④。夜茫茫，重寻无处，觉来小园行遍。　　天涯倦客，山中归路，望断故园心眼^⑤。燕子楼空，佳人何在，空锁楼中燕。古今如梦，何曾梦觉，但有旧欢新怨^⑥。异时对，黄楼夜景，为余浩叹^⑦。

【注释】

①神宗元丰元年（1078）苏轼知徐州时作此词。唐白居易《燕子楼诗序》云："徐州故张尚书有爱妓曰盼盼，善歌舞，雅多风态。……尚书既殁，归葬东洛，而彭城有张氏旧第，第中有小楼名燕子。盼盼念旧爱而不嫁，居是楼十余年。"

②紞如三鼓：三更鼓敲响了。紞（dǎn），击鼓声。如，

然也。

③铿然：响亮的金石之声。此处形容秋叶坠地之声。

④黯黯：心绪黯然。　梦云：用楚王梦神女事。典出宋玉《高唐赋》：楚王梦见神女，神女自言："朝为行云，暮为行雨。"　惊断：惊醒。

⑤故园心眼：化用杜甫诗句："天畔登楼眼，随春入故园。"

⑥"古今"三句：言新旧欢怨都是梦中情感，一切都在梦中。

⑦"异时"三句：言后人夜登黄楼时，也必会如我登燕子楼凭吊盼盼一样而为我长叹。黄楼，苏轼知徐州时所建，在彭城东门上。

【鉴赏】

苏轼的这首词，是在彭城任上时，借梦境抒发人生情怀。作于神宗元丰元年（1078）十月，任徐州知州之作。

词前小序说"夜宿燕子楼，梦盼盼"，但王文诰《苏文忠公诗编注集成总案》云："元丰元年戊午十月十五日观月黄楼，席上次韵，梦登燕子楼，翌日往寻其地，作《永遇乐》词。"今人也认为："这首词以'夜宿燕子楼，梦盼盼'为主题，可能是托为此言。"不管是托梦还是实梦，作者的确是由盼盼的身世触动自己的满腔感慨。

明月如清冷之霜，好风如夜凉之水。上阕开篇两个精彩比喻，勾画出一片清幽美好的空明夜景。"曲港"两句，以细节、动态将夜景衬托得更加幽静清空。这以动衬静的笔法，更见夜之沉寂、人之寂寞。"纵如"三句，以三更鼓声陡然划破夜空的寂静和人的美梦，也使词意顿起变化：前边所描之美景良夜原来是梦中情景。梦醒之后的怅惘、梦中情景的历历可感交织在一起，更是惹人情思。"夜茫茫"当是醒来之后所见之夜景，与梦中的"清景无限"形成鲜明的对比。明月、好风、港鱼、荷露，一切都消逝了，一切都隐没了，面前只有茫茫的夜色和茫茫的心绪。"重寻"两句，写梦断楼台后行遍小园，却无处可寻梦中痕迹，更增怅惘之心。

下阕写本身的慨叹，直抒胸臆，感悟人生，议论纷陈而笔端含情。客死他乡的盼盼，触动了作者自身的辗转奔波而不得志的身世感慨。"天涯"三句，写羁旅愁思。天涯漂泊，离乡何其远，倦于为客，离乡何其久！望过无数回"山中归路"却又身不由己，难以还乡，而只能"望断故园心眼"。以此心境，对此景象，自然愁思无尽。从忆念盼盼到自身，又由自身漂泊转为怜惜盼盼，古今失意之人顿时心意相通。"燕子楼空"三句，意为人去楼空，一代美人尚且委弃芳尘，"天涯倦客"又怎能自知埋骨何处？讲述盼盼生前死后的境遇，且凝注了一腔追怀之情。抚今追昔，不禁让人顿生人生如梦的感叹。"古今"以下，既是对自身伤感的讽劝，更是在解悟伤感无益后，对人世悲欢的解脱超越。而又在悲慨之中有达观，超脱之中含惆怅。

盼盼是一名女妓，但诗人的追怀丝毫不及于艳情；盼盼的主要事迹是守节，诗人的追怀也未止于名教，不仅未流于浮靡，也未流于迂腐，而从往事的流逝中，生发出人生的解悟，将挚情与哲理融合到一块，表现出深沉的沧桑之感和时空意识。

浣溪沙

苏　轼

游蕲水清泉寺①，寺临兰溪，溪水西流

山下兰芽短浸溪②，松间沙路净无泥，萧萧暮雨子规啼。　谁道人生无再少③？门前流水尚能西，休将白发唱黄鸡。

【注释】

①蕲（qí）水：县名，即今湖北浠水县，距黄州不远。

②兰芽：兰草初生的嫩芽。

③人生无再少：人老了，不可能再回复到少年时代。

【鉴赏】

本首小词是作者被贬黄州时游附近的蕲水清泉寺所作。作者虽被贬，但其胸襟旷达，善于自适。这首乐观的呼唤青春的人生之歌，表现了他执着生活、乐观爽朗的性格。

前三句为上阕，描述清泉寺附近幽雅的风光和环境。山下小溪潺潺，岸边兰芽初生。松林间的沙路，好像经过清泉冲刷，一尘不染，非常洁净。傍晚细雨潇潇，寺外传来了杜鹃鸟的啼声。这一派充满画意的光景，涤去了官场的恶浊，远离了市朝的尘嚣。它优美、洁净、潇洒，充满了诗的情趣、春的生机。它爽人耳目、沁人心脾，诱发了作者热爱自然、执着人生的情怀。

后三句为下阕，抒发了使人感奋的议论。这种议论取眼前之春景，写人生哲理。起句以反诘唤起：谁说人生到老了就不能再回到少年时代？后两句以借喻作答：你看门前兰溪之水不是也能向西奔流吗？"人生长恨水长东"，光阴犹如昼夜不停的流水，匆匆向东奔驰，一去不可复返；青春对于人只有一次，正如古人所说"花有重开日，人无再少时"，这是不可抗拒的自然规律。然而，在某种意义上讲，人未始不可以老当益壮；自强不息的精神往往能焕发出青春的光彩。谁说青春不能回复呢？在特殊的条件下，人生是未尝不可以"再少"的。人们惯用"白发""黄鸡"来比喻世事匆促、光景催年。但作者在这里希望人们不要徒发衰老之叹，而要振作精神，不服衰老。这是对生活、对未来的向往和追求，也是对青春活力的召唤。

谢池春

李之仪

残寒销尽，疏雨过、清明后。花径款余红①，风沼萦新皱。乳燕穿庭户，飞絮沾襟袖②。正佳时，仍晚昼，着人滋味③，真个浓如酒④。　　频移带眼⑤，空只恁⑥、厌厌瘦。不见又相思，见了还依旧，为问频相见，何似长相守。天不老⑦，人未偶，且将此恨，分付庭前柳⑧。

【注释】

①"花径"句：花园小径上，残花消失殆尽。款，一作敛。余红，指残花。

②飞絮：飘舞的杨花柳絮。

③着（zhāo）人：惹人，迷人。

④真个：真的。

⑤频移带眼：衣带上的孔洞频频移动，指人渐消瘦，衣带渐宽。《南史》载沈约与徐勉书："老病百日数旬，革带常应移孔。"

⑥恁：听任。

⑦天不老：化用李贺"天若有情天亦老"句意，写老天无情。

⑧分付：托付，交付。

【鉴赏】

这是一首触景伤怀、感物思人之作。上阕写春日美景。起笔三句点明时间是余寒消尽的清明后。"花径"四句具体写眼前所见的融融春景：花园小径上落花满地，微风吹起了一池春水，幼小的燕子欢乐地在庭户中来回穿梭，飘落的杨柳花絮沾满了游人的衣袖。用了"款""萦""穿""沾"等动词，把春日美景写得具体、生动、形象、可感。春景是如此迷人，让人流连忘返，不觉已到了晚上。"正佳时，仍晚昼"表明了时间的推移，完成了由情到景的过渡。对于春日的万种风情，作者并未大抒赞叹，而是用醇浓的酒让人陶醉比喻其迷人滋味。如此结句，匠心独运，给人留下了丰富的想象空间，同时为下阕即景生情、感物伤怀蓄积了情势。

下阕诗人笔锋一转，抒发良人难见、好景人孤的别离相思之情。前两句承上启下，感物伤怀，写了"衣带渐宽终不悔，为伊消得人憔悴"的愁苦情状。"频移"二字形象生动地写出了抒情主人公对离人的浓浓真情和相思之苦。接着"不见"四句，一句一转，细腻地刻画了作者的离别愁绪：离别后盼望相见，相见又意味着新的离别，频频相见，也就是频频离别，让人频频感伤不已，哪里比得上长相厮守、永不别离呢？感叹离别相思的恩恩怨怨不知何时能了，愁苦之深可想而知。"天不老，人未偶"化用李贺"天若有情天亦老"句意，感叹人不知何时才能长相守。问苍天，情感已浓烈至极。结尾两句，作者笔锋再转，"且将此恨，分付庭前柳"，将离愁托付给门前春柳，无可奈何之下，亦含有抛却眼前恩怨以求暂时解脱之意，但柳能否承担得起呢？这又给读者留下了很大的想象空间，意脉上与上阕相呼应。

本词构思巧妙，细腻委婉，使本词韵味别具一格。

卜算子

李之仪

我住长江头①，君住长江尾。日日思君不见君，共饮长江水。　　此水几时休②？此恨何时已？只愿君心似我心，定不负相思意。

【注释】

①长江头：指长江上游，下句"长江尾"指长江下游。
②休：尽，干。

【鉴赏】

　　本词是一首怀人词，一首情意绵绵的恋歌。直接以第一人称的代言体入词，以长江水为抒情对象，把痴情女子对丈夫的无尽的想念，对爱情的执着表现得淋漓尽致而又深婉含蓄，颇有民歌韵味。

　　上阕写对君的思念，全用赋语。起首两句，围绕长江，"我"与"君"、"长江头"与"长江尾"对比，直接说出了君妇相隔很远，为妇思君做了铺陈。同时江水从"头"到"尾"连续不断的千里长流暗喻了情思的连绵悠长。三、四两句点明主旨，抒发出一种相思之情。思君不见，本已愁苦，而又日日思念，感情愈加炽烈，可见相思之深。共饮一江水却看不到彼此，离恨更深一层，相思意也更进一层。不仅写相思，更写了妇对君的情，如长江水一样水深流长。此阕写情深，写相思意，用隐喻，实是显出深沉，是感情发展的前奏，为下阕感情的深化做了铺垫。

665

下阕抒情。起笔连用两个问句反衬，显得激荡剧烈。此两句，像脱胎于古乐府《上邪》："山无陵，江水为竭，冬雷震震，夏雨雪，天地合，才敢与君绝！"但比《上邪》用一连串反常现象来反衬，更有感染力。《上邪》只是表现了对爱情的"坚贞"，本词表现的是感情的长流，含意更深、更多，以悠长江水的永无止境喻离愁别恨的绵远无尽。"几时休""何时已"，是思妇主观上盼望江水尽、离恨止，但她也知是不可能实现的，所以用疑问句来表现，主客观尖锐的矛盾更增添了离愁别恨的浓重，含不尽之意于言外，形式上又委婉含蓄。结尾两句，写思妇之心固如磐石，坚不可移，心中只有一个愿望，即君心如我心，永不相负，表现思妇对爱情的坚贞不渝和美好希望，感情进一步深化。绵绵不尽的江水形成了永恒的爱情象征。

本词构思精巧，清晰如话，感情真挚，回环复叠，含婉深永，深得民歌风韵。正如毛晋在《姑溪词跋》中所评："姑溪词多次韵，小令更长于淡语、景语、情语……至若'我住长江头'云云，真是古乐府俊语矣。"（见《词林纪事》）

虞美人

舒　亶

寄公度

芙蓉落尽天涵水①，日暮沧波起。背飞双燕贴云寒②，
独向小楼东畔倚阑看。　　浮生只合尊前老③，雪满长安
道④。故人早晚上高台⑤，赠我江南春色一枝梅⑥。

【注释】

①芙蓉：荷花。　天涵水：水天混涵。唐孟浩然《望洞
庭湖赠张丞相》："八月湖水平，涵虚混太清。"

②背飞：相背而飞。

③浮生：指人生。语出《庄子·刻意》："其生若浮，
其死若休。"　只合：只宜。

④长安：代指京城。

⑤故人：指作者的友人黄公度。　上高台：此为隐语，
意为希望友人迟早能帮助自己。

⑥"赠我"句：用南朝宋陆凯自江南为远在长安的好
友范晔折梅题诗的典故。《荆州记》："陆凯与范晔相善，自

江南寄梅花一枝诣长安与晔，并赠诗曰：'折花逢驿使，寄
与陇头人。江南无所有，聊寄一枝春。'"

【鉴赏】

　　本词写景感怀，寄赠友人。副题"寄公度"，多是赠寄
黄公度。但黄公度生于舒亶卒后六年，故此处"公度"当
为舒亶友人名或字，其生平不详。

　　上阕首先描写了一幅空阔混茫、苍茫萧索的夏秋之交的
肃杀景象。此时，高洁清丽的荷花已经凋残殆尽，日暮时分
远远看去，蓝天碧水涵映混茫，无边无际。这一辽远而苍茫
的景象，为下文抒情定下了基调。"背飞"一句写燕子相背
而飞于天水之间，是眼前景象，更是比喻了作者与友人即
"公度"当初被迫分开。舒亶为谏官时，曾因上书告发执政
而被撤职。此处言及劳燕分飞，当是指被撤职时离别友人。
"贴云寒"言懔畏云中高寒，只挨着云边寒气而分飞东西。
"寒"字既是高空感觉，节气变化，更是作者心中感受，心
有余悸。"独向小楼"一句，补叙出作者所处位置和高楼眺
望的姿态。前面所描写的景象，全是小楼东畔倚楼看的结
果。一个"独"字，将作者形单影只更加思念远方朋友之
意表达了出来。

　　下阕感叹岁月，想念友人。"浮生"两句，写人世沉浮
中的无可奈何的态度。认同庄子语意，表达自己所体验到的

虚幻感：今后唯有醉于酒杯消忧解愁，老此一生了。言外之意，当初的豪情壮志，仕途雄心不过是梦，都不值得。"雪满"一句，以寒冷孤凄的景象描写自己的寂寞无奈，正是心有所求而不得其路的写照。结句是对故人的祝愿，相信故人迟早能够出人头地，并提携自己。

而用南朝陆凯折梅寄赠范晔典故表达出来，显得意象明艳，词意温厚。也有人认为最后两句只写友情，无关升迁，意为故人如我一样，也会早上晚上登上高台眺望长安，定然会想着给我寄一枝春色，只是通过想象公度想念自己而抒发对友人的深切怀念。但联系全词及舒亶为人，实则兼而有之。浅层写友情，深层则既是对友人的祝愿，更是不得其路时对友人相助自己的委婉表达。

本词构思精巧，首尾呼应，善于借景传情。

绿头鸭

晁端礼

咏　月

晚云收，淡天一片琉璃①。烂银盘②、来从海底，皓色千里澄辉。莹无尘、素娥淡伫③，静可数、丹桂参差④。玉露初零⑤，金风未凛⑥，一年无似此佳时。露坐久、疏萤时度，乌鹊正南飞⑦。瑶台冷，阑干凭暖⑧，欲下迟迟。　　念佳人、音尘别后，对此应解相思。最关情、漏声正永⑨，暗断肠、花影偷移。料得来宵，清光未减，阴晴天气又争知。共凝恋、如今别后，还是隔年期。人强健，清樽素影，长愿相随。

【注释】

①琉璃：形容天色空明。

②烂银盘：形容月亮像银盘一样光华灿烂。唐卢全《月蚀诗》：“烂银盘从海底出，出来照我草屋东。”

③素娥：月宫嫦娥。月辉素淡，故称素娥。　　淡伫：淡静。

④丹桂：传说月中有桂。

⑤零：落。

⑥金风：秋风。古代以阴阳五行与季节相配，秋属金，故称秋风为金风。

⑦乌鹊：三国曹操诗：“月明星稀，乌鹊南飞，绕树三匝，何枝可依。”

⑧阑干凭暖：指因靠得久了，连栏杆也焐热了。

⑨永：长久。

【鉴赏】

　　这是一首咏月兼怀人的词作。胡仔《苕溪渔隐丛话》云："中秋词，自东坡《水调歌头》一出，余词尽废。然其后它无佳词？如晁次膺《鸭头绿》（《绿头鸭》又名《鸭头绿》），殊清婉。"可见，尽管东坡中秋词冠绝古今，但这首词自有它的优点。本首词的上阕描述赏月。作者以辞赋化的笔法铺写了一个澄澈透明的月夜美景。"晚云收"两句，先为明月的升起安排了一片空明清新的背景，为下文细写明月做好了铺垫。"烂银盘"三句，写明月之升。想象中明月从东海之底升上来，顿时天地一片清辉。此一想象，使得明月之升气势非凡。"莹无尘"四句，写明月之皎洁，但偏以明月中的婆娑影子侧面衬托出来。月宫中有嫦娥桂树，只是缥缈的神话传说。此处却言嫦娥清晰可见，桂树参差不齐，既描述出明月皎洁之态，又想象空灵，引人神往。"玉露"三句，总括性地由衷感叹今夜明月之美。玉露刚开始滴落，秋风还不凛冽，正是一个冷暖适宜的好时候，以时间之适宜侧面写明月之美妙。"露坐久"以下，写面对如此皎洁明月的人的反应。明月皓然，虽然已有露水，但也不忍睡去，而是久久地坐在明月之下，看夜空中时不时有萤火虫掠过，乌鹊正向南飞。时间悄悄推移，玉石砌造的高台寒意侵袭，靠着的栏杆也都被人的体温焐暖了，想要下去，却又迟疑。在人的久坐不去、出神向往之中，撩人月色的优美宁静呈现在读者眼前。

下阕写月下怀人。下阕以"念"字领起，以自己的相思之情将词境拓展到另一个空间，悬想因离别而隔断消息的美人月下相思情状：铜漏的水声不断滴沥，最是牵动情怀；心中有着无限情思，却只能月下徘徊暗自柔肠寸断，本处以漏声滴沥更显月夜之静，以花影偷移衬出人物之美。"料得"三句，是人物心中思忖。意谓今夜月明如此，估计明晚清光也不会减少，但天气阴晴不定，又怎么知道明晚仍然可以千里共明月呢？一句反问，此时之惬意，他时之担忧，尽皆展现。"共凝恋"三句，写相思之人思忖后的选择：宁可今晚"隔千里兮共明月"而至深夜。因为今天以后，即使是这样千里共明月，也要等到一年之后才能够实现了。语虽平实，情感深厚。"人强健"是祝语，遥祝佳人保重身体，美酒明月长久相随，也即"但愿人长久，千里共婵娟"。这首词以铺写秋月为主，意象明丽，境界空明，堪称咏月佳作。

洞仙歌

李元膺

　　一年春物，惟梅柳间意味最深，至莺花烂漫时，则春已衰迟，使人无复新意。予作《洞仙歌》，使探春者歌之，无后时之悔。

　　雪云散尽，放晓晴池院①。杨柳于人便青眼②。更风流多处，一点梅心③，相映远。约略颦轻笑浅④。　　一年春好处⑤，不在浓芳，小艳疏香最娇软⑥。到清明时候，百紫千红花正乱⑦，已失春风一半。早占取、韶光共追游，但莫管春寒⑧，醉红自暖。

【注释】

　　①放：露出。

　　②青眼：喜悦时正目而视，眼多青眼。此句以拟人手法写春柳的多情。

　　③梅心：梅花将落，掩映在绿叶中，宛如红心。

　　④约略：略稍，稍微。

⑤"一年"句：化用韩愈诗《早春呈水部张十八员外》"最是一年春好处，绝胜烟柳满皇都"句意。

⑥小艳疏香：淡淡的花色花香，指早春时光景。

⑦乱：热闹，红火。

⑧但莫管：只是不要顾及。

【鉴赏】

这首词的主旨，小序已说得很详细。意在告诉人们初春景色意味最深，提醒游人及早探春，以免过时后悔。

序言云："一年春物，惟梅柳间意味最深。"上阕即以梅柳为意象，描述早春景色。起先两句已将所描景色的时间、地点和环境氛围做了详细的界定。时间是隆冬过尽，雪融云散的早春；地点是在一个有池塘的宅院里；环境氛围是在和煦阳光的照耀下。接着一句刻画了杨柳形象：一到早春便绽放出嫩芽，那碧绿的柳叶宛如少女含情的媚眼。用拟人的手法写出了杨柳的多情。然而更加风流多姿的还是那与杨柳遥遥相应的梅花。一点嫣红，随着隆冬过去，梅也即将告退，所以不像柳色那样满怀喜悦，而约略含些哀愁，而此淡淡的哀愁恰恰给梅花增添了无限的风韵。作者用拟人手法，赋予柳、梅以人的情感，将柳、梅形象刻画得妩媚多姿，展示了早春景色的喜人及其深长意味。

下阕以赏春为中心，抒发感受。前三句承上启下，独识春光之微，用韩诗"最是一年春好处"意，收结春景，挽合上阕，引出议论。"小艳疏香"上承柳眼、梅心，"浓芳"下启"百紫千红"。"小艳"与"浓芳"对比，用"最娇软"点明了含有无限意味的初春景色之妙。"到清明"三句描述了清明前后百花盛开、万紫千红、群芳竞艳的热闹场面。

"乱"字写出场面之盛。然而盛极必衰，万紫千红过后意味着落红无数和春的消歇，所以说"已失春风一半"，令人猛醒，从反面衬托了早春景色的美妙。所以，诗人在篇末殷情劝告探春的游人们，应及早取道探早春美好时光。更风趣的是作者还抓住探春者心理，进一步敬告他们不要怕料峭的春寒，在春寒中饮酒更有乐趣，当小酌残醉面露微红时，自会觉得全身暖和，使早春韵味更深一层。

本词题目鲜明，浅显易懂，用了拟人手法。结尾幽默风趣，格调显得更加清新活泼。

渔家傲

朱　服

　　小雨纤纤风细细①，万家杨柳青烟里。恋树湿花飞不起③。愁无际，和春付与东流水④。　　九十光阴能有几？金龟解尽留无计④。寄语东阳沽酒市⑤。拼一醉，而今乐事他年泪。

【注释】

　　①纤纤：形容细雨纷纷的样子。

　　②恋树湿花：即湿花依恋着树。形容花被雨淋湿后贴在树上的样子。

　　③和春：连带着春天。

　　④金龟：唐代三品以上官员佩带金龟。李白《对酒忆贺监》诗序记，贺知章曾解下金龟，"换酒为乐"，以酬李白。

　　⑤东阳：今浙江金华市。　沽酒：卖酒。

【鉴赏】

这首词是惜春感怀之作，作于作者晚年贬谪袁州、蕲州期间。

上阕描述春景。作者首先选择了一系列纤细、柔弱、朦胧的意象将暮春风景点染得温润而轻柔。纤纤小雨弥漫在空中，柔柔微风中柳枝飘拂，绿雾青烟笼罩着万千人家。"恋树"一句，意为湿漉漉的花瓣在轻柔的风中飞不起来，好像是泪痕宛然地贴在树枝上，好像留恋着树不肯飞去。作者摄取了一个"湿花"细节传神地描绘出微风小雨中的落花景象，不仅描摹了残花将落未落，不肯离树而去的恋春形象，而且赋予落花必然凋零而泪花淋漓的悲凄情态。与此前作者常描述的落英缤纷的飞花景象颇为不一样，显出作者的独具匠心。

"愁无际"两句，抓住"湿花"意象进行延伸，使"湿花"也如人一样不但有愁，而且无边无际。因为"湿花"尽管恋树，却不可避免坠入地下化为尘泥，和春天一起都付与了东流水，顺水漂流，终至消亡。此处所写"湿花"意象，流露出了作者晚年遭贬谪的凄凉和感伤。

下阕抒发时光流逝。劈头一问"九十光阴能有几"，顿时使人猛醒时光流逝，春光短暂，使柔弱的多情伤怀更增力度。"金龟"一句，言即使解尽金龟畅饮美酒，也终是无计留住春光，而只能趁着春光尚在纵情地惜春恋春罢了。

"寄语"三句，写在韶光匆匆、无计留春的伤怀中，作者寄言酒家，让其准备足够一醉方休的美酒，以供作者拼却一醉，买醉纵情欢乐，尽情享受春天美景。结句一转，将纵情欢乐放到另一个时空环境之下来审视，却发现现在的纵情饮酒只会更增他年之伤心泪，使他年更深地感到"和春付与东流水"的无奈和悲哀。现在、过去、乐事、眼泪诸景，通过想象牵连在一起，互相冲突跳跃，具有丰富的含义和极强的表现力。

本词写景寓情，笔致细腻，造句新俊，寓意深曲而余味悠长。

青门饮

时 彦

胡马嘶风，汉旗翻雪①，彤云又吐②，一竿残照。古木连空，乱山无数，行尽暮沙衰草。星斗横幽馆，夜无眠、灯花空老。雾浓香鸭③，冰凝泪烛，霜天难晓。　　长记小妆才了④，一杯未尽，离怀多少。醉里秋波，梦中朝雨⑤，都是醒时烦恼。料有牵情处，忍思量耳边曾道。甚时跃马归来⑥，认得迎门轻笑。

【注释】

①汉旗：指宋朝旗帜。

②彤云：被晚霞映红的云朵。

③香鸭：夜晚用来熏香的鸭形香炉。

④才了：刚刚完毕。

⑤朝雨：用巫山云雨典故。宋玉《高唐赋·序》载，楚怀王尝游高唐，梦见一女曰："妾在巫山之阳，高丘之阻。旦为朝云，暮为行雨，朝朝暮暮，阳台之下。"此写梦中与宠人相会。

⑥甚时：何时，什么时候。

【鉴赏】

本首词另一题目为《寄宠人》，是远役怀人之作。上阕实写边塞的生活。岑参在《白雪歌送武判官归京》中云"北风卷地白草折，胡天八月即飞雪"，风雪是胡地风光的典型特征。

开篇四句描述了雄奇苍凉的北国风光：战马在寒风中嘶鸣，战旗在大雪中飞舞；胡地风光瞬息万变，刚才是风雪连天，忽而又晚霞千里，残阳西照。"又"字写天气变化之迅疾，"残"字给全景笼罩上一层悲凉的气氛。"古木"三句接着写行军途中所见之景。描述了古木、乱山、暮沙、衰草等意象，勾勒了一幅雄浑、凄凉、寂静的边塞图。"行尽"暗寓边塞生活的艰苦。以上七句以景衬情，已暗寄了边塞将士的离别情绪，同时也为下文抒情做了铺垫。"星斗"五句写夜宿军营的所见所感。到了夜幕来临的时候，又只见外面是星斗横斜，而室内则是灯花不剪，通宵无眠，烛泪凝结，鸭形熏炉中散发着阵阵香雾，作者因沉浸在怀念伊人之中难以入眠。

前两句写了时间的推移和地点的变化。作者移情于物，"灯花""香鸭""霜天""泪烛"无不渗透着作者的感情，将长夜难眠、思念内人情思表现得具体可感，并渲染了一种凄清韵味，为下文追忆做了有力的铺垫。

下阕回忆别离状况。"长记"三句回忆伊人为送别而淡妆梳洗的姿态，杯酒未尽，人已不堪，足见离恨满怀。

接着写醉里还常见明眸秋波，梦中常有云雨欢爱，可是梦醒后一切都是泡影，徒添烦恼，离愁更深一些。最让人梦魂牵萦、难以忘怀的是那耳边私语的深情。

结尾两句更拓一层，尚未启程先问归期，道出伊人望归的迫切，并追想远人归来时伊人欢乐的笑容。别出心裁，别开生面，给黯然销魂的场面涂上了一点喜气，给人一点希望，也使伊人形象显得更加丰满。

望海潮

秦　观

　　梅英疏淡①，冰澌溶泄②，东风暗换年华。金谷俊游③，铜驼巷陌④，新晴细履平沙。长记误随车，正絮翻蝶舞，芳思交加⑤。柳下桃蹊，乱分春色到人家。　　西园夜饮鸣笳⑥，有华灯碍月，飞盖妨花⑦。兰苑未空⑧，行人渐老，重来是事堪嗟⑨。烟暝酒旗斜。但倚楼极目，时见栖鸦。无奈归心，暗随流水到天涯。

【注释】

　　①梅英：梅花。疏淡：稀疏。

　　②澌（sī）：流冰。

　　③金谷：金谷园。西晋石崇所建，在今河南洛阳。俊游：胜游。

　　④铜驼：铜驼街，因汉代洛阳王宫门外设铜铸骆驼两座而得名，为洛阳著名游乐之地。

　　⑤芳思：情思。

⑥西园：即金谷园。曹植诗："清夜游西园，飞盖相追随。"　笳：胡笳，古代西北少数民族的一种管乐器。

⑦飞盖：高竿的车篷。

⑧兰苑：园林的美称。

⑨重来：秦观赴京应试，元祐三年（1088）年因苏轼推荐应试入京，哲宗元祐五年（1090）因范纯仁推荐再次赴京，至绍圣元年（1094）离京。

【鉴赏】

秦观词向以"情韵"著名，语言工巧，文字精密，风格流于纤弱感伤，从本首词作可以看出。

上阕写重游西园，唤起旧日记忆。"梅英"三句，写梅花凋谢、冰雪融化，又一个春天随着东风悄悄来临。写春天不以花草渲染欣欣向荣，而是以清冷冬景写时光易逝，初春景象之中，可看出作者心情郁郁寡欢之状。尤其是"暗"字，讲出作者蓦然回首时对季节交替的惆怅心情。"金谷"三句，用历史上的金谷园、铜驼街等著名胜游之地回忆旧日汴京所历，含蓄蕴藉而又繁华初现。"长记"到上阕结束，以一个富有戏剧性的场景写春色宜人之状，匠心独具。韩愈《嘲少年》有"只知闲信马，不觉误随车"之句。作者本句化用韩愈语意，描述春光骀荡，少年信马由缰纵情任性之状。不觉误随人家女眷车马，看一路蝴蝶飞舞，柳絮翻飞，情思不断，春色铺天盖地。世界春意盎然，人心意气扬扬，只是尽情享受春景，那想过年华易逝，老大无成？

　　下阕继续描述旧日繁华景象而又另起一景。在上阕所忆白天郊游春色之后，转写晚上欢歌畅饮。"西园"三句，文字精练，写尽夜间欢宴之显赫辉煌。夜幕降临，笳声四起，华灯熠熠生辉，竟使明月黯然失色，车辆穿梭往来，挡住人们的视线。如此繁荣美景，的确令人心驰神荡。以前的春景越美，越衬出后来者的黯然，以前的夜饮越辉煌，越使人感叹时光易逝。"兰苑"三句，词意顿转，胜游之地虽在，自己却韶华见老，重见此春光夜饮景象，只是多增嗟叹，而少兴致豪情了。如此心情远远望去，所见春景已自不同：苍茫暮色中，酒旗依稀可见，时不时栖鸦隐现，更增伤感。"无奈"两句，正面写作者心情。对此景象，没有把握，只有将"归心"付诸流水，任其奔流到自己也难以明了的遥远他乡了。

　　本词咏今忆昔，将昔日之鲜丽景象与目前之暗淡冷落相对照，在反衬中婉转地表明了作者的忧郁情怀。结构上，作者不采用一般词作以上下阕断开的常法，而是首尾咏今，中间从"金谷"起一直到下阕"飞盖妨花"为忆昔，章法新颖，构思巧妙。

八六子

秦 观

倚危亭^①，恨如芳草^②，萋萋刬尽还生^③。念柳外青骢别后^④，水边红袂分时^⑤，怆然暗惊。　　无端天与娉婷，夜月一帘幽梦，春风十里柔情情^⑥。怎奈向^⑦、欢娱渐随流水，素弦声断，翠绡香减^⑧，那堪片片飞花弄晚，濛濛残雨笼晴。正销凝^⑨，黄鹂又啼数声。

【注释】

①危亭：高亭。

②恨如芳草：化用南唐李煜词："离恨恰如春草，更行更远还生。"

③"萋萋"句：化用白居易《赋得古原草送别》："野火烧不尽，春风吹又生""又送王孙去，萋萋满别情"。

④青骢：毛色青白相间的马。此代指远行之人。

⑤红袂：红袖。指女子。

⑥"无端"三句：暗用杜牧《赠别》诗："娉娉袅袅十

三余，豆蔻梢头二月初。春风十里扬州路，卷上珠帘总
不如。"

⑦怎奈向：宋人方言，"向"即向来意。"向"为语尾
词，后人误为"怎奈何"。

⑧翠绡：碧丝纱巾，此指定情的手帕。

⑨销凝：茫然出神。

【鉴赏】

这首词主要描述怀旧离愁之情。

上阕一句"倚危亭"领起，写离别之恨。"恨如芳草"
是心中所想，触目所见。化用李煜词意而不着痕迹。"刬尽
还生"，可见心中愁恨连绵不绝之状。"念柳外"三句，写
危亭之上与恨相生的追忆。回忆起，离别景象是如此鲜明：
青绿的柳林外，清澈的流水边，远去之人骑着青色大马，送
别之人身着红衣，更显俏丽……这一心中挥之不去的记忆和
眼前危亭之上所看到连绵不尽的如恨芳草恰成鲜明对比。
"怆然暗惊"一句收束，将追忆如梦幻一般霎时惊醒之复杂
心境表达出来。从明丽的昨日景象中陡然跌入现实，离别之
恨更动人心魄，凄楚伤感，何以阻挡？

下阕接前之凄凉心境，恨天怨人，自然而然地过渡到对
旧日情人的想象憧憬之中。"无端"一句，意为上天没来由
地让伊人长得如此美貌。在这无奈的埋怨中，作者思念之

苦，伊人长相之美，都表现得巧妙空灵。"夜月"两句，怀念昔日两情相悦时景象。明月在天，帘幕掩映，香风习习，帘内情人柔情蜜意，如梦如幻，何等令人陶醉的良辰美景啊！相恋越美好，越让人留念，别后也越让人相思，越让人伤感怀恨。

此处既呼应上文之恨，又引起下文之别。"怎奈向"起，情绪一转，良辰美景似乎就像流水一样，匆匆地从身边流逝。"素弦"两句，描述欢情断绝而雅致情浓。素手拨弄的琴弦声停止了，定情手帕上的香味也渐渐变淡。素手弹琴，可见佳人之美，两人相知之深；翠绡留香，可知情意之浓，美人多情之状。如今人去楼空，红颜知己再也不见，只剩下想象中的琴声和香味了。情至于此，自是伤感无限。"那堪"两句，回到目前，言伤怀中的作者甚至连片片落花在晚风中飘荡，蒙蒙残雨笼罩着天地的景象也承受不起。正是伤心之人看来，处处惹人伤心，无物不使人牵动愁思幽恨。结句以黄鹂的啼声打断主人公的伤神情思，意味隽永，让人回味无穷。

本词起句陡然由高而下，收则戛然而止，音节凄婉。今昔对照而回旋自如。情真语挚，感人很深。

满庭芳

秦　观

　　山抹微云，天连衰草，画角声断谯门^①。暂停征棹^②，聊共引离尊。多少蓬莱旧事^③，空回首、烟霭纷纷。斜阳外，寒鸦万点，流水绕孤村。　　销魂！当此际，香囊暗解^④，罗带轻分^⑤，谩赢得青楼，薄幸名存^⑥。此去何时见也？襟袖上、空惹啼痕。伤情处，高城望断^⑦，灯火已黄昏。

【注释】

　　①画角：军中所用号角，外涂彩绘，称画角。　谯（qiáo）门：城上瞭望的高楼。

　　②征棹：远行之船。棹（zhào），船桨。

　　③蓬莱旧事：严有翼《艺苑雌黄》："程公辟守会稽，少游客焉，馆之蓬莱阁。一日，席上有所悦，自尔眷眷不能忘情，因赋长短句，所谓'多少蓬莱旧事，空回首，烟霭纷纷'也。蓬莱阁，五代钱公辅所建，故址在今浙江绍兴龙山麓。

④香囊：香荷包。古代男女佩带的装饰物。

⑤罗带轻分：象征别离。罗带，古代女子所系丝罗带。轻，轻易。

⑥青楼薄幸名存：化用杜牧《遣怀》："十年一觉扬州梦，赢得青楼薄幸名。"青楼，妓馆。薄幸，薄情。

⑦望断：从远望的视线中消逝。

【鉴赏】

这首词主要是写离别惆怅之情。

上阕起首两句，粗笔勾勒了一幅萧瑟空阔的远景。远山连绵，微云依依，枯草逶迤，与天相接。"抹""连"两字，既写出景物情态，又用以形容像断还连、像连还断之处，与离别时情景心绪极相契合，历来为人所称道。"画角"句以响彻晚空的悲声引动离别情侣更多愁绪。"暂停"以下写饯别场面。征棹终将载人远离，但此处权且暂停，让情侣再稍作盘桓。"回首"句既是实写动作，又是虚写回忆起前尘往事，心中涌起无限蓬莱旧事，面前只见黄昏来临，烟霭纷纷，一片萧瑟气象。此情此景，更使人惆怅。

下阕写别后伤情，"香囊""罗带"两句，以细致入微的笔法写离别时缠绵难禁之状况。解香囊以赠情侣，着一"暗"字，分罗带而言"轻"，销魂不舍，伤神之状如在眼前。"谩赢得"化用杜牧诗句，言恐怕今后只能在青楼留下负心薄幸之名了。自嘲之中，将别离再难相见的伤痛无奈暗含其中。"此去"句遥想别后情形，即使能见，也是遥遥无期，令人伤神。现在的哭泣也都是没有任何意义的了。"襟袖"句以细节写别离时情深难舍的凄哀情景。"空惹"一词透露出前途未卜的茫然。结尾三句，写远去时的感触：最令人伤心的是，行舟已远，高城已看不见，只见满城灯火，却不知心上人在哪一盏灯下了。想象细腻，意境幽远。

作者的这首词，首尾呼应，画景入妙，传情婉转，将身世之感，打并入艳情，历来为人所称赏。

满庭芳

秦　观

晓色云开，春随人意，骤雨才过还晴。古台芳榭，飞燕蹴红英①。舞困榆钱自落②，秋千外、绿水桥平。东风里，朱门映柳，低按小秦筝③。　　多情，行乐处，珠钿翠盖④，玉辔红缨⑤。渐酒空金榼⑥，花困蓬瀛⑦。豆蔻梢头旧恨⑧，十年梦、屈指堪惊。凭阑久，疏烟淡日，寂寞下芜城⑨。

【注释】

①蹴（cù）：踢，踏。 英：花。

②榆钱：春天时榆树初生的榆荚，形状似铜钱而小，甜嫩可食，俗呼榆钱。

③秦筝：古代秦地所造的一种弦乐器，形似瑟，十三弦。

④珠钿翠盖：形容装饰华丽的车子。珠钿，指车上装饰有珠宝和嵌金。翠盖，指车盖上缀有翠羽。

⑤玉辔红缨：形容马匹装扮华贵。玉辔，用玉装饰的马缰绳。红缨，红色穗子。

⑥榼（kē）：盛酒器。

⑦花困蓬瀛：此指饮酒之地。花，指美人。蓬瀛，传说中的海上仙山蓬莱、瀛洲。

⑧"豆蔻"句：化用杜牧《赠别》诗句意。

⑨芜城：即广陵城，今之扬州市。因鲍照作《芜城赋》讽咏扬州城的废毁荒芜，后世遂以芜城代指扬州。

【鉴赏】

本词主要描述追怀昔日与歌女的旖旎风流生活。

词的上阕写明媚春光。"晓色云开"三句，奠定了春日清晨的明朗基调。雨过天晴，晓云初霁，春光这么美好，令人以为春天是多么随人心意。接下去春日明丽景象，在游赏春色的人们眼中——展现，如电影特写镜头联翩而来：本来苍凉的古时台榭，在这姹紫嫣红时节，也显得春意盎然，似乎散发着无限的生机；飞燕自由地上下翻飞，不时地碰触到柔嫩的花瓣；串串榆钱愉快地随风飘舞，好像直到困倦了才从树上飘落下来；秋千高荡，但见外面绿波荡漾，几与桥面相平。此处写景，颇见功力。

以苍凉古台写春，更见春色之明媚；飞燕、榆钱不但是组成春色的一道风景，更是与人一样为春沉醉的精灵。

他们或不时碰碰花瓣，或在风中舞蹈，既见此物形态，更见万物心情之明朗；

而写秋千则暗示出荡秋千之人，暗转入庭院、花园中的春色和春色映照下的佳人。

"东风里"三句，由写景转到写人，却写得极有韵致。朱门之内，绿柳掩映下，红妆少女弹奏着秦筝，秦声悠扬，令朱门外的人心动神驰，想象联翩。

下阕写昔日行乐与当前寂寥寡欢之情。"多情"四句承接上阕写游乐场景。作者用极为简练的语言形象地描述春游之乐。

华贵的马车，华美的马匹，只从游乐时所用舟车的不凡，就已经令人想见其冶游盛况了。

古时出游，女子多乘车，而男子多骑马。典型的代步工具的渲染，让人想象男女同行远游之乐。"渐酒空"句，将许多行乐场面省略，而从行乐之结果来写冶游时间之长和游乐之尽兴。

"豆蔻"三句，急转直下，点出以上所写盛况美景，都是前尘旧梦。而如此丰富的内容，用杜牧诗意表达，用典贴切，辞约义丰。"堪惊"两字，黯然神伤，用在此处，有千斤之重。

结尾三句，转写面前萧瑟景色与忆旧者怅惘之情。凭栏久立，抚今追昔，十年人世遭际令人感叹不已。而眼前只见淡淡的落日，疏疏落落的烟雾，如此凄凉景物，与人物悲苦心情合二为一。随着夕阳西下，伤感的人与夕阳一样孤独寂寞。

本词结构精巧，形容巧妙，语言精练生动。景随情变，情景交融，具有良好的艺术效果。

鹊桥仙

秦　观

纤云弄巧①，飞星传恨②，银汉迢迢暗度③。金风玉露一相逢④，便胜却人间无数。　　柔情似水，佳期如梦⑤，忍顾鹊桥归路⑥。两情若是久长时⑦，又岂在朝朝暮暮⑧。

【注释】

①纤云：纤细轻柔的云彩。　弄巧：运用机巧，幻化精巧。

②飞星：流星。

③银汉：银河。

④金风：秋风。　玉露：白露。

⑤佳期：指牛郎织女七月七日晚上在鹊桥相会的日子。

⑥鹊桥：相传王母用银河强行拆散牛郎织女的夫妻情，七夕无数喜鹊飞临银河，用身体架成一座桥让牛郎与织女每年见面一次。这就是鹊桥的传说。

⑦两情：夫妻二人的感情。

⑧朝朝暮暮：一朝一夕。

【鉴赏】

本首是描写神话故事"牛郎织女"的词。词牌即含仙鹊搭桥之意。"七夕"是一个美好而又充满神话色彩的节日，又名"乞巧节"。相传七月七日傍晚是分居银河两岸的牛郎织女一年一度相会的日子。织女是织造云锦的巧手，所以这天夜晚，天空的云彩特别好看。旧时风俗，少女们要于此夜陈设瓜果，朝天礼拜，向织女"乞巧"。这个汉魏以来就长久流传的神话，经秦观的这首《鹊桥仙》就更加脍炙人口，传诵不衰。

上阕重点写景。"卧看牵牛织女星"，初秋纳凉时节，夜空美妙深邃，轻柔纤细的云彩，幻化出许多优美的图案，显示出织女的手艺精巧绝伦。可是，这样美丽能干的仙女，却不能与自己心爱的牛郎一同过着美好的男耕女织的生活。那转瞬即逝的飞驰流星，也在为他们传递情意而奔忙。首两句写云彩，写流星，都是具有人的情意。那轻柔多姿的云彩，着意将"乞巧节"打扮得更加情意绵绵；那飞驰长空的流星，迅速地传递着牛郎织女朝夕相思的离愁别恨。这种写法真是"化景物为情思"了。第三句写织女过渡银河，本只盈盈一水，近在咫尺，这里却用"迢迢"二字形容银河水面的辽阔、牛女相距的遥远。这样一写，感情深沉了，突出了相思之苦。迢迢银河水，把两个恩爱夫妻隔开，相见是多么不容易呀！"暗度"二字，既点明了"七夕鹊桥"的题意，同时又紧扣了一个"恨"字，把织女踽踽宵行、千里相会的深情挚意，表达得淋漓尽致。

四、五句写牛郎织女相聚的场景。作者不做实描，却宕开笔墨，以富有感情色彩的议论，赞叹这对久别的情侣，在"金风玉露"之夜相会于碧落银河之上。这是多么美好幸福的时刻！天上一次相逢，抵得上人间千遍万遍的朝夕相处。

作者把这珍贵的相聚时光，映衬于金风玉露、冰清玉洁的背景之下，热情地歌颂了一种理想的圣洁而永恒的爱情。

下阕重点写情。"相见时难别亦难"，短暂的一夕佳期相聚，接着又是长年的河汉分离。首句写两情相会的难舍场面，就像悠悠无声的银河流水，是那样温柔缠绵。第二句写短暂的佳期竟然像梦幻一般倏然而流逝。刚刚才相见，马上又要分离，多么令人心碎！一、二句中，"似水"照应"银汉迢迢"，即景设喻，十分自然；"佳期如梦"除言相会时间短暂，还透出了伴侣久别后相会"乍见翻疑梦"的复杂心情。第三句转写分别，刚才借以相会的鹊桥，转眼间又成了和爱人分别的归路。作者不说不忍离去，却说忍住眼泪一步一回头地顾看这条"鹊桥归路"，婉转的语意中，含有至深的惜别之情和无限的辛酸之泪。

写到这时，作者的感情好像已和牛郎织女融为一体：回顾佳期约会，疑真疑假，非梦非幻；及至鹊桥言别，恋恋之情，已至于极。然而结尾两句作者却又空隙转身，爆发出高亢的音响："两情若是久长时，又岂在朝朝暮暮！"这是全篇掷地有声的金石警句，使全词为之一振！它深刻地揭示了爱情的真谛：两情相悦要经得起长久分离的考验，只要是彼此真诚相爱，即使终年天各一方，但是心灵相通，并不在乎那一朝一夕的两两相对。这一感情色彩异常浓烈的议论，与上阕"胜却人间无数"的议论遥相呼应。而本词命意超绝的议论，较之过去诸多以"双星会少离多为恨"的咏叹，可谓有化腐朽为神奇的力量。这种高尚的精神境界和所倡导的"情长不在朝朝暮暮"的正确恋爱观，远远超过了北宋时代及其以前的同类作品，是十分难能可贵的。

本词句句在天上，句句写双星，又句句写人间，句句写人情。这种天人合一的词意成为千古的抒情绝唱。其抒情，悲哀有欢乐，欢乐有悲哀，悲欢离合，起伏跌宕。词中有情、有景、有议论，做到了虚实兼顾，融情、景、理于一炉。词的下阕与上阕结构完全一致，都是先叙事，后议论，这种叙事与议论相间的写法，使本篇构成了起伏绵延的情致。作为婉约派大师的秦观，克服了其他婉约派作者"病于议论"的弊端，用自由流畅几近于散文的句子使本词意境超绝，回味无穷。

浣溪沙

秦　观

漠漠轻寒上小楼①，晓阴无赖似穷秋②。淡烟流水画屏幽。　　自在飞花轻似梦，无边丝雨细如愁。宝帘闲挂小银钩③。

【注释】

①漠漠：迷蒙貌。

②无赖：无聊。 穷秋：晚秋。

③宝帘：珍珠宝玉所制的帷帘。

【鉴赏】

这首词描述了一幅晚春拂晓的清寒景象，并从景象中透露出淡淡的怅惘迷茫的心情。

上阕"漠漠"两句，作者选取了一系列轻柔婉媚而带着淡淡忧郁的意象，构成了一幅烟雨蒙蒙，轻寒袭人的图景。淡淡的一丝冷意，却无边无际，笼罩了这座小楼，也笼罩了整个天地。在这时候，带着一种若有若无的期待和失望心情，慢慢地登上小楼，看到的却是恼人的天气。"无赖"二字，点出小楼中人物的埋怨轻恼：本是晚春时节，但从早晨伊始便见到惹人愁思的阴霾，晨起春寒，竟然冷如深秋，真是让人恼怨而又无可奈何呀。"淡烟"句转写室内景象，却一样让人着恼。非但屋外风景让人郁郁，连画屏上也是一样幽冷凄迷的"淡烟流水"，而不是明媚春色。因此，主人公百无聊赖、庭院楼头徘徊烦闷的身影隐约其中，可谓空灵悠远。

下阕用两个奇妙而贴切的比喻，将眼前风景和心中怅惘表达得恰到好处。其他词作多以具象的事物来比喻抽象难以把握的情绪，而此处反而以飞花、丝雨等具体可感之物比喻"梦"和"愁"。这就使人的情绪隐约可见又像若有若无，而不是心中有无数恨事，化为眼前之景。这与本词淡淡的怅惘情绪是相同的。同时，将眼前花的倏忽而去，飘然而落的神态形容得极具神韵；用愁来比喻丝雨，将烟雨无边无际，连绵不断而又幽细如丝之状表现得美妙绝伦。结句是古典诗词当中的特有句法，意为小银钩闲挂着宝帘。"宝帘""小银钩"，可见居室之美丽、精致和雅洁。"闲"字则传神地透出楼中人的空虚、闲寂的神情与心绪，与前面的景物描写融为一体。

本词融情入景，以淡雅细小的景象展现了人物曼妙幽深的内心世界，意蕴空灵婉妙，是作者小令中的佳作。

阮郎归

秦 观

湘天风雨破寒初①，深沉庭院虚。丽谯吹罢小单于②，迢迢清夜徂③。　　乡梦断，旅魂孤，峥嵘岁又除。衡阳犹有雁传书④，郴阳和雁无⑤。

【注释】

①湘：泛指现在湖南一带。

②丽谯：华丽的高楼。　小单于：唐代曲名。即《梅花落》。梁吴均《梅花落》云："隆冬十二月，寒风西北吹。独有梅花落，飘荡不依枝。流连逐霜彩，散漫下冰澌。何当与春日，共映芙蓉池。"李白《与史郎中饮听黄鹤楼中吹笛》云："一为迁客去长沙，西望长安不见家。黄鹤楼中吹玉笛，江城五月落梅花。"

③徂：过。

④"衡阳"句：古代相传北雁南飞，至衡阳而返，不再往前。衡阳，今湖南衡阳市。

⑤郴阳：今湖南郴州，在衡阳南。　和雁无：犹连雁也没有。

【鉴赏】

作者有很多词写的是相思离别，男女情爱，而这首词却作于他贬谪郴州之际，抒写的是除夕之夜漂泊异乡的孤独寂寞和思乡之情。除夕之夜，是中国最隆重的全家团聚的日子，也是最热闹的夜晚。可在本首词中，独自身居贬所的作者在上阕里描写的是一个孤寂的岁暮，忧伤之情通过这一凄凉景象可以看出。湘天之内，虽然寒冬转暖，却风雨如晦，深沉庭院中一片空虚，既无同享天伦的妻儿老小，又无串亲访友的亲戚朋友。贬谪之人，在风雨交加中面对空空荡荡的庭院，想象其他人家合家团聚的情景，其凄凉孤独之状，可以想见。"丽谯"两句，写作者所闻。高楼上传来吹奏《小单于》的乐声，引人顿伤自己之飘荡无依，乐声停止，而哀伤难尽，面前是漫漫长夜，清冷孤苦，什么时候才能过去？

下阕直抒除岁时的孤寂。"乡梦"三句，将其梦想归乡却最终无望，他乡飘零如孤魂游荡的凄楚境地直接点出。归家不成，尚可做梦聊作安慰，可这时连梦也都断绝：旅居在外，即使人心有托，也会孤单思乡，但此时连魂魄都深感孤寂，何况又逢凄风苦雨，夜闻《梅花落》的悲凉曲调。以"峥嵘"形容岁月，可见作者内心对其坎坷生涯的深切感受，好像每一天都是在煎熬中度过。"又"字写出这种峥嵘岁月的年复一年，每年都好像给人希望，却又年年失望。"衡阳"句，意为衡阳还有大雁飞去，可以传递书信，位于衡阳之南的郴州却连大雁都不会飞去，哪里会有鸿雁传书这回事呢？作者借衡阳、郴州地理位置上的差异，巧妙地将自己的孤独绝望用递进关系的词句表达出来，感慨之深，无以复加。

本词意象沉郁，心境悲凉，语言虽然浅显，却洗练形象，富有情韵，寄托了作者深深的身世之感，是作者内心无限痛苦的外化。

桃源忆故人

秦　观

玉楼深锁薄情种^①，清夜悠悠谁共？羞见枕衾鸳凤^②，闷则和衣拥。　　无端画角严城动，惊破一番新梦。窗外月华霜重，听彻《梅花弄》。

【注释】

①玉楼：楼阁的美称。　薄情种：在中国传统文学中，一般称男子为薄情郎或薄幸，此"薄情种"概指女子夫婿。
②枕衾鸳凤：绣有鸳鸯的枕头和绣有凤凰的锦被。

【鉴赏】

这首词与调名《桃源忆故人》相对应，不过这里的"故人"并非一般意义上的友人，而是女主人公自己的丈夫。本词抒写了独处闺人的孤寂情怀。

701

上阕起句介绍环境，引出人物。"玉楼深锁薄情种"意谓词中女子被"薄情郎"深锁于玉楼之中。古代女子藏于深闺之中，与外界接触很少，夫婿外出后，独守空闺，更有被深锁玉楼之感。紧接着，"清夜悠悠谁共"便以情语抒写长夜孤枕难眠的心境。"清夜"状夜的清冷岑寂，"悠悠"极言夜的漫长，更着以"谁共"二字，便道尽了独处闺人的无限凄凉之意和孤栖之痛。尤以问句巧出，又渐逗出相思之意。这时，她但见一双绣有鸳鸯的枕头，一床绣有凤凰的锦被。可此刻成双作对的鸳鸯凤凰于独处的她是何等强烈的刺激，何等鲜明的对比。"羞见枕衾鸳凤"以"羞见"二字既通俗又准确地描摹出女子的内心世界，贴切之至。被玉楼深锁的独处女子，长夜无人与共，单栖孤眠的她怕见成双成偶的"枕衾鸳凤"而倍觉孤寂，不禁闷上心头。闷又无可排解，只得和衣拥衾而卧。歇拍"闷则和衣拥"中"闷"字恰是上阕的结穴所在。"则"字这个语助词用得最为新奇。作为俚语出现在这里，顿感真挚贴切，极富生活气息。

女主人公拥衾而卧，好像睡着了，好像还梦得很甜蜜。但美梦伊始，她就被城门传来的画角声惊醒了。"无端画角严城动，惊破一番新梦"，此二句用语雅丽，并不俚俗，与上阕风格略异。末二句更是宕开一笔，由室内写至室外，境界全新。"窗外月华霜重"，作者绘室外的景象，同样写得极清冷，不过语言却更为雅丽脱俗。月光下清辉一片，地上铺满浓重的白霜。月冷霜寒，境界何其凄清。这也正是女主人公心境的写照。她梦断凄厉的画角声，随之又传来哀怨的乐曲声——《梅花弄》，听《梅花弄》而曰"彻"，说明是从头至尾听到最后一遍，其辗转不寐，足可想见。至此，结尾两句从视觉和听觉两方面刻画出女主人公长夜不眠、苦闷难解的情景。

这首词情致雅逸，语言既雅又俚，堪称雅俗共赏。

帝台春

李 甲

芳草碧色，萋萋遍南陌①。暖絮乱红，也知人春愁无力。忆得盈盈拾翠侣②，共携赏、凤城寒食③。到今来，海角逢春，天涯为客。 愁旋释④，还似织；泪暗拭，又偷滴。谩伫立⑤，遍倚危阑，尽黄昏，也只是暮云凝碧。拼则而今已拼了⑥，忘则怎生便忘得⑦。又还问鳞鸿⑧，试重寻消息。

【注释】

①萋萋：草茂盛的样子。 陌：田间的土埂、小路。南

北方向的叫"阡"，东西方向的叫"陌"。

②盈盈：年轻女子的娇美风姿。 拾翠侣：巧遇同游的年轻女子。

③凤城：都城汴京。寒食：寒食节。

④旋：刚才，刚刚。

⑤谩：空自地，白白地。

⑥拼：割舍。

⑦怎生：怎么能够。

⑧鳞鸿：鱼雁。古人有鱼雁传书的说法。

【鉴赏】

本首词是借春景写伤离隔绝之情的作品，因这一点便不同于一般的伤春寄情之作。上阕由景入情叙事，下阕绝少写景，直抒其情，依然质朴精练，感人很深。

上阕起句即写眼前所见春景：芳草萋萋，绿遍山野。这是以春景起兴。茂盛的春草与作者心中的离情苦恨正相契合，同样无边无涯。"离恨恰如春草，更行更远还生"（李煜《清平乐》）描述的正是此情此景。紧接着，作者再由寓情于景描述春草转而遗貌取神描述花絮，摈弃了春花柳絮撩人愁思的写法，而是直接描述一种神韵：它们"也知春愁"，所以悠然飘落之中又有一种"无力"的轻愁。花也人也，人的苦情之状毕现眼前。"忆得"几句交代了作者伤春

704

的详细原因。《东京梦华录》这样描述汴京的寒食节："四野如市，往往就芳树之下。或园囿之间，罗列杯盘，互相劝酬。都城之歌儿舞女，遍满园亭，抵暮而归。"当年的巧遇欢聚与而今的只身漂泊天涯两相对照，叹良辰不再美人难遇，伤感倍增，能不回忆往事吗？

下阕首句则写作者在追忆之中的情状。四个三字句，句短韵密，语促情深，读来如急雨催花发，散珠落玉盘，韵味凄楚无穷，比"剪不断，理还乱"的空自感叹更有感染力。俞陛云在《五代词选释》中这样说道："论情致则宛若游丝，论笔力则劲如屈铁。"作者在强烈的孤寂愁苦之情的驱使下登高远望，所见"尽黄昏，也只是暮云凝碧"。"拼则"几句对仗工稳，语极浅白，情却深挚：已经拼命割舍却怎么也割舍不了，难以忘怀之下只有"试重寻消息"了。

清平乐

赵令畤

　　春风依旧，著意隋堤柳①。搓得鹅儿黄欲就②，天气清明时候。　　去年紫陌青门③，今宵雨魄云魂⑤。断送一生憔悴，只消几个黄昏。

①隋堤柳：指隋炀帝时沿通济渠、邗沟河岸所植的柳树。

②"搓得"句：言春风为隋堤柳树染上了鹅黄色。

③紫陌青门：指冶游之所。紫陌，指京师郊外的道路。青门，原指汉长安城东南门，因其为青色，俗呼为青门。此指帝京城门。

④雨魄云魂：比喻羁旅漂泊，行踪不定。

【鉴赏】

胡仔《苕溪渔隐丛话后集》认为本词为刘弇伤悼爱妾之作，但通行本大都将它归入作者名下，认为该词写景伤怀，从此后说。

上阕写清明时风景。"春风依旧"一句，统摄全词，将所有景物笼罩在骀荡宜人的春风之中，也为下阕抒发物是人非之感进行铺垫。"著意隋堤柳"一句，将绕堤而植的青青垂柳描述出来的同时，更将春风拟人化，好像春风对柳枝是如此多情，似痴恋者尽心着意地爱抚着隋堤柳丝。物的多情正是作者多情的表现，更反衬出人多情反被无情恼的处境，为下文的落魄伤神埋下伏笔。"搓得"一句，细写春风对柳

唐诗宋词元曲精编

枝的着意。春风轻轻地吹拂着柳枝，将它吹得生出了可爱的鹅黄色的嫩叶。这是一派多么宜人明丽的春光啊。"天气清明时候"，作者面对这样风光，禁不住脱口赞叹。而在这脱口赞叹的背后，又包含了多少感慨伤感啊。

下阕写对景伤怀。"去年"两句，以强烈的对比表示出时间流逝、世事变化的沧桑之感。去年冶游在京师郊外，得意在帝京城门，当时热闹繁华、意气风发，好像犹在目前，而仅仅一年的时间，就已情形大变。今朝只落得羁旅漂泊，行踪无定，黯然神伤。"断送"两句，言漂泊在外之人不堪凄凉黄昏风景，只消几个黄昏就足以让人断送一生，独自憔悴。既描述当时黄昏萧瑟之状，也将无限感慨包含在其中。情景交融，余味悠长。

青玉案

贺　铸

凌波不过横塘路①，但目送、芳尘去。锦瑟华年谁与度②？月桥花院，琐窗朱户③，只有春知处。　　飞云冉冉蘅皋暮④，彩笔新题断肠句⑤。试问闲愁都几许⑥？一川烟草⑦，满城风絮，梅子黄时雨⑧。

【注释】

①凌波：曹植《洛神赋》有"凌波微步，罗袜生尘"句，凌波形容女子步态轻盈。下句"芳尘"取"罗袜生尘"意，指美女的踪迹，这里指代美女。横塘：苏州一地名，作者住处附近。

②锦瑟华年：语出李商隐《锦瑟》开头两句"锦瑟无端五十弦，一弦一柱思华年"。这里指美好的时光。

③琐窗朱户：雕花窗户，红色大门。

④蘅皋：指长有香草的水边高地。蘅，香草。皋，水边。

⑤彩笔：五色笔。形容人极有才情。《南史·江淹传》记载江淹晚年梦见郭璞对他说："吾有笔在卿处多年，可以见还。"江淹掏出一支五色笔给郭璞，从此写诗作文缺乏文采，人称"江郎才尽"。

⑥都几许：共有多少。

⑦一川：遍地。

⑧梅子黄时雨：春夏之交阴雨连绵的时节正是梅子成熟的时候，俗称"梅雨"。

【鉴赏】

本词又名《横塘路》，是贺铸晚年的作品。贺铸因之盛传一时而被称为"贺梅子"。宋朝周紫芝在《竹坡诗话》里说："贺方回尝作《青玉案》词，有'梅子黄时雨'之句，人皆服其工，士大夫谓之'贺梅子'。"本词以江南暮春之景集中表现美人离去的"闲愁"。另一说认为通篇兴中有比，寄忧愤于明丽的春景，抒发仕途坎坷的失意苦闷。

上阕以虚实相生的笔法写情之断阻。开篇三句即借曹植《洛神赋》之典故，用"不过""目送""去"写美人不至，自己只能以目光追随其芳踪（不能亲往）的寂寞无奈。美好的时光谁人与共？这一问既关涉作者本身的孤独，又暗示作者倾心的佳人的处境，并领起下文。良辰美景虽好，却无佳人相伴左右，作者于是开始怜惜并试图寻到处于幽雅富丽的深院香闺中的佳人，然而爱慕、企盼带来的是只有春知晓的无限伤感。

下阕以写实之笔绘愁思纷乱。晚霞中流云袅袅，河岸边香草遍地，像一幅黄昏图景。作者用以乐景写哀情的手法突现自己因眷恋美人而悲苦不堪、愁情难遣的心情。了无生趣之下，新题的都是让人伤心欲绝的词句。"试问"几句被黄庭坚誉为"江南断肠句"，用连珠博喻具体渲染作者心中的"闲愁"，因精警工巧成为千古传唱的名句。作者选取的烟草、风絮、梅雨分别存在于地上、人间、天上，这是极言愁思之多，无处不在；它们分别又是江南二三月、三四月、四五月之景，这是极写愁绪之久，无时不有。并且诸种景物迷蒙灰暗、苍茫凄迷的特征会使本已浓重的愁思更加浓重。草是一望无际的烟雾中的草，絮是空中飞动的絮，雨是如烟似雾的梅雨，这些都不是前人用来写愁思的山、水、花等事物，它们在末句连用的综合效应，或许正是以相思写"美人迟暮"的身世感慨的基础。因而，沈际飞在《草堂诗余正集》中评为"真绝唱"。

感皇恩

贺 铸

　　兰芷满汀洲①，游丝横路②。罗袜尘生步③，迎顾。整鬟颦黛④，脉脉两情难语。细风吹柳絮，人南渡。　　回首旧游，山无重数。花底深朱户，何处？半黄梅子⑤，向晚一帘疏雨⑥。断魂分付与，春将去。

【注释】

　　①兰芷：香草。汀洲：水边和水中的陆地，这里指

710

水边。

②游丝：垂柳。

③罗袜尘生：指美女的踪迹，代指美女。

④整鬟颦黛：整句写人物的情貌。鬟，云鬟，年轻女子的一种发式。颦，微皱。黛，古代女子用来画眉的青黑色颜料，这里代指女子的眉毛。

⑤半黄梅子：春夏之交的梅雨季节。

⑥向晚：黄昏。

【鉴赏】

本词与作者的《青玉案》（凌波不过横塘路）在题材、意境、用韵等方面都明显一样，都是以芳菲之辞抒写"离愁"，别有一番寄托。

开篇"兰芷满汀洲，游丝横路"两句即写情人离别的场面，也是佳人出场的详细环境。暮春的江边长满茂盛的兰芷芳草，葱绿的柳枝如玉丝般轻扬。"罗袜尘生步，迎顾"借曹植《洛神赋》中的句子"凌波微步，罗袜生尘"写佳人迈着莲花细步，体态轻盈地朝着送行者走来。接着仅用"整鬟颦黛"四个字写出佳人行色匆匆和眉心微蹙的丰富神情，同时也表达送行者的观察细致入微，这源于他对佳人的眷恋深情。眉峰不展已暗示了离别在即，所以下面都是描述依依不舍的离别情景的内容。两人含情脉脉，相视无语。和风中柳絮轻柔地飘飞，多像美人离去后的芳踪难寻啊！结语的细风飞絮给人空灵飘逸的印象，暗示了作者的所求无可把握。

　　下阕写离别后的孤寂愁苦情怀。作者追忆往昔携手共游的故地，一眼看去，只见云山阻隔，相距十分遥远。"花底深朱户，何处？""朱户"指佳人所居之处。这时作者由追忆而追寻，往日那万花掩映的闺房我到哪里才能找到呢？"半黄梅子，向晚一帘疏雨。"不知不觉已是黄昏时分，那绵长细密的梅雨和已经半黄的梅子又让我增添了无尽的情愁。作者无法承受这旧愁新愁，于是有了"断魂"的真切感受。这也是极言理想难以实现的苦闷。"断魂分付与"是作者在魂断愁深之时的奇思异想。这愁情即使可以被分担，人生的美好年华也已经一去不复返了。愁绪可否分付与其他是未可知的。如果答案是否定的，作者将面对怎样的人生呢？结语引人痴想，有意蕴隽永之妙。

　　这首词用语"平淡而不流于浅俗"（《苕溪渔隐丛话》），语浅情深，风格清新淡雅。

薄 幸

贺 铸

　　淡妆多态，更的的频回眄睐①。便认得琴心先许②。欲绾合欢双带③。记画堂风月逢迎，轻颦浅笑娇无奈。向睡鸭炉边，翔鸳屏里，羞把香罗暗解。　　自过了烧灯后④，都不见踏青挑菜⑤。几回凭双燕，丁宁深意，往来却恨重帘碍。约何时再，正春浓酒困，人闲昼永无聊赖。厌厌睡起，犹有花梢日在。

【注释】

　　①的的：娇艳明媚的样子。　眄睐：暗送秋波。

　　②琴心：卓文君守寡后，司马相如以琴声传情，文君遂与之私奔。

　　③绾：结。

　　④烧灯：元宵节放灯游赏。

　　⑤踏青挑菜：古代的一种春游活动，以二月二日为挑菜节。

【鉴赏】

　　这首词首先用"薄幸"作为词牌，奠定了这首词在历史上的正宗地位。与一般初创词牌不同，这一词牌之义与正文内容恰好相反。本词写了相识、相恋、相思的完整过程和细腻心态，以景传情手法高妙，被《宋四家词选》评为"于言情中布景"。李攀龙在《草堂诗余隽》中说此词"淡而不厌，哀而不伤"，是为至言。上阕是从一见钟情的相识相恋写到男女约会。初相识的这位女子，素朴淡雅、落落大方之中，自有一种妩媚。紧接着写了"多态"中的"频回眄睐"这一神态，"便认得琴心先许"，青年男子就明白了她以心相许之意。以简练的文字写人的姿态神韵，意韵却非常丰富。随感情的发展，作者的笔致也由先前的淡雅婉转而渐趋浓丽香暖。画堂、睡鸭状香炉、翔鸳屏风、香罗等渲染着一种热烈的氛围，"轻""浅""娇无奈"又照应着"淡妆"，补充着"多态"。两相结合，描述出热恋中的男女多情中矜持、恩爱中羞怯的举止、心理，逼真至极。

　　下阕主要讲分离后的相思。"烧灯"点出约会的时间是在元宵节，由此到"踏青""挑菜"节时间并不长，但"都不见"刻画出男主人公在短暂的时间里几经寻觅、等待的焦急。度日如年的他只得多次托春燕传递关切的询问，却碍庭院深深帘幕重重，无法如愿，所以最终只有叹问"约何时再"。幽怨之情溢于言表。由于心存幽怨，春光纵然正好，也"人闲昼永无聊赖"，只好以长时间睡觉来打发时光。但是"厌厌睡起，犹有花梢日在"，春光送而不走，孤苦愁闷更增一层。本首词写相思之情由初生到急切再到怨恨与无奈的辛酸，层层翻进，以景传情，笔致深婉细密。

减字浣溪沙

贺　铸

楼角初销一缕霞，淡黄杨柳暗栖鸦①，玉人和月摘梅花②。　笑捻粉香归洞户③，更垂帘幕护窗纱，东风寒似夜来些④。

【注释】

①暗栖鸦：乌鸦暗栖于嫩黄的杨柳之中。

②和月：趁着皎洁的月色。

③捻：摘取。粉香：代指梅花。

④夜来：昨天。

【鉴赏】

　　本首小令写的是一幅初春夕照图，画面清新而引人联想。起句"楼角初销一缕霞，淡黄杨柳暗栖鸦"，描述了一幅清新美妙的庭院晚景图。杨柳初黄，表现的是初春时节；霞光消隐、暮鸦归巢，是傍晚时分的景致；"楼角"暗示作者观察的是一户小院人家。院里栽着杨树、柳树、梅树，有乌鸦栖息却悄无声息，环境幽雅宁静。"淡黄杨柳暗栖鸦"一句颇令人玩味。杨柳才吐叶芽，嫩绿稀疏的枝叶何以使"栖鸦"隐匿其中？晚霞初销之时暮鸦归巢本该是有声响的，作者却有意隐去不写，这一方面是突出庭院的宁静氛围，另一方面也在暗示"栖鸦"自隐树中。时间由傍晚而至月出，月亮的清辉使庭院更显幽静，此时"玉人"出场了。她踏着如银的月色采摘梅花。梅的清香衬托出人的品格高洁，月的皎洁更显出人的纯美。

　　下阕紧接着写玉人摘梅后的举止。"笑捻粉香归洞户"，"粉香"指梅花。因为是月明之夜，所以可以看清玉人的神情"笑"。手执梅花，笑着回到闺房的真正原因是作者留下的悬念。回到房中，她就急忙放下窗帘遮住纱窗。"东风寒似夜来些"，春夜的风比昨天还冷。月下摘梅尚不觉冷，回到室内反而要垂帘护窗，联系前文的"暗栖鸦"，这结语充满了令人退思的意味。

本词几乎通篇写景，然而"句句绮丽，字字清新。当时赏之，以为《花间》《兰畹》不及，信然"（杨慎《词品》）。

天门谣

贺　铸

登采石蛾眉亭[①]

牛渚天门险，限南北[②]、七雄豪占[③]。清雾敛，与闲人登览[④]。　　待月上潮平波滟滟[⑤]，塞管轻吹新阿滥[⑥]。风满槛，历历数、西州更点[⑦]。

【注释】

①登采石蛾眉亭：采石山（在安徽马鞍山）北面临江有矶石，称采石矶或牛渚，其上有蛾眉亭。江中两山对峙状如门户，故称天门。它也形似美人的两道蛾眉，故名蛾眉亭。

②限：阻断。

③七雄豪占：建都于金陵的六朝和南唐雄踞于此。

④与：提供机会。

717

⑤滟滟：水波浩渺的样子。

⑥阿滥：即阿滥堆，是骊山的一种鸟名。唐玄宗依据其鸣叫声谱成新曲，名《阿滥》。

⑦西州更点：西州，在金陵台城以西，此处代指金陵。更点，报时的更鼓声。

【鉴赏】

本首词是借山水名胜抒写历史兴亡感慨的小令，原名《朝天子》。在很多登临题材中，作者不是泛泛怀古感叹，而是得出江山守成在德不在险的历史感悟，颇别具一格。

上阕追昔抚今，前后形成对比。开门见山之后仅用十二字，就写尽天门在地理形势上的险要和在历史地位上的重要。"险"和"限"高度概括了天门的地势险要，并因此成为江上的咽喉要道。历朝历代建都金陵以后都将它作为西方门户，凭此天险抵挡北方强敌，所以词里说"七雄豪占"。"雄""豪"二字烘托出往昔天门要塞的苍茫气势和剑拔弩张的时代氛围。尽管据天堑而固守，但诸王朝走向灭亡的历史命运仍在所难免。"清雾敛"句，写今日天门风貌，已由往昔"七雄豪占"的军事重镇变成"闲人登览"的旅游胜地，使人在沧海桑田的对比之中自然得出应该铭记的历史教训。"与"字别具意味，这一变化或许是上苍有意成人之美，或许是历史故意捉弄人的把戏。气氛由剑拔弩张而消闲

718

轻松，在沉思中反思的结果更是深刻而令人警醒的。

下阕紧承"登览"写眼底风光，手法别出心裁。"待"字暗示以下所写是虚景。等到夜晚江上明月共潮生时，只见一片水光潋滟。江面传来边塞悠扬的笛声。一切是那样辽阔空旷。作者以"所见"夜景暗示天门山岚浮翠的景色之美，人们的游兴之高，在此停留的时间较长。此处能听到边塞乐曲，暗示出南宋偏安一隅的历史面貌，为借古讽今埋下伏笔。"风满槛，历历数、西州更点。"西州即金陵。天门所在地距金陵一百多里，迎着江风细数石城古都报时的沉钟遐鼓，岂是可能？作者卒章引入六朝故都，是让人们不要忘记历史的训诫。本词写景可谓虚实相生，手法迂回婉妙，寓意深远。

石州慢

贺　铸

　　薄雨收寒，斜照弄晴，春意空阔。长亭柳色才黄^①，远客一枝先折。烟横水际，映带几点归鸿，东风销尽龙沙雪^②。　　犹记出关来^③，恰而今时节。将发。画楼芳酒，红泪清歌④，顿成轻别⑤。回首经年，杳杳音尘都绝⑥。欲知方寸⑦，共有几许新愁？芭蕉不展丁香结⑧。枉望断天涯，两厌厌风月⑨。

【注释】

①长亭：古代驿道上供人休息、送别的地方。十里一亭的叫长亭，五里一亭的叫短亭。

②龙沙：塞外的通称。

③关：此指河北临城。

④红泪：指佳人胭脂沾满了离别的泪水。

⑤轻别：不经意的离别。

⑥音尘：音信。

⑦方寸：指心。

⑧"芭蕉"句：化用李商隐《代赠》里的诗："芭蕉不展丁香结，同向春风各自愁。"芭蕉不展，丁香花蕾丛生，常用来比喻人愁心不解。

⑨厌厌：愁苦的样子。　风月：指风景。

【鉴赏】

这是一首伤别词，是宋词中最早以"石州慢"为词牌的作品，又称"石州引""柳色黄"，属商调。商者，伤也，词调与所抒之情正相吻合。以景衬情，比喻言愁。词作感情沉郁，笔势手法变化多样。

　　上阕主要以北国初春景色来衬托思乡之情。首先概括出冬去春来的依稀氛围。"薄雨""斜照"给人些许暖意，特别是"弄"字给人万物复苏的感觉，但"空阔"一词将北国边地一切春归伊始的气象变得淡然了。"长亭"以下具体描述客乡春景，紧承"空阔"，写柳色微黄，才显淡淡春色，整装归乡的人已经急不可耐地折下一枝柳条。古有折柳赠别的习俗。"先"暗示出游子思归心切，不等春天完全来到就要离开此地。思归未归，于是写远看所见。只见远处苍茫的暮气笼罩着一片春水，傍晚的天幕下一队大雁披着夕阳的霞辉归来了。这里将人与雁相比，更写出归思难禁。"东风销尽龙沙雪"一句将所有的景物都纳入特殊的地域环境边塞中，并给前文的景色描述以特定的征人视角，交代了所见所感之所以如此的原因。

　　下阕回忆当年的离别场景。"将发"与"犹记"紧密连接，引出当年春光依旧里的饯别场面。雕梁画栋的酒楼里酒香扑鼻，美貌的歌女唱着伤感的歌曲。"轻"字写出作者当年不知人间悲欢离合之苦的年轻幼稚，暗示如今深刻的悔恨。特别是一年又一年之后，音信断绝的孤寂更加深了这种悔意。由"轻别"而思，而悔，而愁。离愁日积月累地加重，诗人不禁以设问领起加以强调。"欲知方寸，共有几许新愁？""共"字写出愁苦是两心相知的，并非我一人所有；

"新"字是谓愁苦不断之意。再巧借李商隐的诗句以比喻加以形容，用未展芭蕉、丁香花蕾比作郁结于心的愁思，于形象生动之中写尽相思的愁苦不堪。词到此，一切好像皆已道尽，但作者又补上末两句。"两"字与"共有"相呼应。天各一方，两心相悦，音信全无，无数愁苦，对景难排，再美的风光在作者眼前也是愁情一片。茫然之境，足以使人为之伤感。

本词上阕淡远空阔，下阕浓丽热烈。笔势由现今而过去，再由过去而眼前，末了展望未来，"愁情"的意脉流畅连贯。关里关外，一种愁情；天地"方寸"之间，多有照应。结构精巧，善于炼字亦为其特色。

望湘人

贺　铸

厌莺声到枕，花气动帘，醉魂愁梦相半。被惜余薰①，带惊剩眼②。几许伤春春晚。泪竹痕鲜③，佩兰香老，湘天浓暖。记小江风月佳时，屡约非烟游伴④。　　　须信鸾弦易断⑤，奈云和再鼓⑥，曲终人远。认罗袜无踪，旧处弄波清浅。青翰棹舣⑦，白蘋洲畔。尽目临皋飞观⑧。不解寄⑨、一字相思，幸有归来双燕。

【注释】

①余薰：余香。

②带惊剩眼：腰带还有多余的眼孔，形容人憔悴消瘦。

③泪竹：斑竹。尧有二女娥皇、女英嫁给舜为妃。舜死后，她们思念不已，泪水洒落竹上形成点点斑痕。

④非烟：即飞烟，唐武公的宠妾。这里指自己的情人。

⑤鸾弦：相传海上有仙人用凤喙鸾角制成的胶能接续弓弦，使弦的两头相合为一，叫续弦胶。这里指男女之事。

⑥云和：乐器名称，指琴瑟均可。

⑦青翰：刻有青鸟图案的船。 舣：船靠岸。

⑧临皋：亭名。

⑨不解：不懂得。

【鉴赏】

本词是感春怀人之作，上阕着重写景，下阕着重抒情，各有侧重又情景交融，将怀人之思表达得深婉曲折。首先突兀而来的"厌"字强调了主人公的心烦意乱。醒听鸟语，卧闻花香，本是十分惬意爽心的事，但主人公却心生厌恶。花气何以能"动帘"？表明是主人公十分愁烦时的心理感受。所以他整日饮酒，不知魂之所在，梦亦生愁，这也是形容人的极度愁烦。每到此时却偏偏感受到锦衾的暖香，引起主人公对往昔的记忆，更添烦乱，以致自己日渐消瘦，腰带又多余了几个孔眼。"几许"句是对前面抒情的概括，并点出"伤春"主题，也流露出时过境迁、物是人非的无奈之感。词句再由情到景，写竹布满"泪痕"，写兰"香老"，以形容自己相思之情的深挚、悲伤的浓重，若物有情，亦会被打动。正是"湘天浓暖"之时，怎能不追忆往昔呢？想当初我们有多少相伴共游的欢乐呀！如今却只能是触景伤情。

下阕忆昔直接抒情，并收情入景。由于思念而不得相见，所以说是"须信鸾弦易断"，两人从此音信全无。弦断能够再续，但佳人已远去，杳无踪迹，这萧萧琴声里的相思幽怨她不曾得知。相会遥遥无期，那悠悠弦鸣里寄寓着几多无奈和伤感。"认罗袜"以下写人物登临所见："旧处弄波清浅。青翰棹舣，白蘋洲畔。"开满白色蘋花的江洲旁清波缭绕，小舟任意漂荡停靠。风光依旧，往昔游玩幽会的情景历历可见，唯独不见她的踪迹。登临本为望远寄情，未想到却愁情更浓，于是心生怨艾：远行的人竟不寄回一字锦书！不过"幸有归来双燕"，燕子也许会带来她的一丝消息吧。从篇首的"厌莺"到结尾的"幸燕"，主人公的情感看似发生了彻底的转变，其实燕双至与人孤单形成的强烈对照，更突出了人物内心深沉的悲哀。本首词正如李攀龙所说："词虽婉丽，意实辗转不尽，诵之隐隐如奏清庙朱弦，一唱三叹。"（《草堂诗余隽》）

水龙吟

晁补之

次韵林圣予《惜春》

问春何苦匆匆，带风伴雨如驰骤。幽葩细萼，小园低槛，壅培未就①。吹尽繁红②，占春长久，不如垂柳。算春常不老，人愁春老，愁只是、人间有。　　春恨十常八九，忍轻辜、芳醪经口③。那知自是，桃花结子，不因春瘦④。世上功名，老来风味，春归时候。纵樽前痛饮，狂歌似旧，情难依旧。

【注释】

①壅培：施肥培土。

②繁红：指百花。

③芳醪：美酒。

④"桃花"二句：唐王建《宫词》曰："树头树底觅残红，一片西飞一片东。自是桃花贪结子，错教人恨五更风。"

【鉴赏】

这首词作于晁补之晚年屡遭贬谪之后，副题为"次韵林圣予《惜春》"，林圣予其人不详，其《惜春》词今已不传。晁作所咏，当为惜春抒怀。

上阕首先就带入强烈的感情中，描述了一幅有别于春和景明的春归景象。随着风雨的急剧来去，春天也行色匆匆转瞬流逝。"问春"一语，是不解，"何苦"一词，更是埋怨责问。

"幽葩"三句，意为小园低槛边的清幽花朵还未来得及壅土培苗，以极为婉妙之笔补写春去匆匆。前面大笔挥洒，本处幽深细致，两相对照，更觉春归匆匆之可叹惋。"吹尽"三句，呼应前面风雨驰骤的描述，是作者面对送春归去的无奈景象安慰自己的议论，却在惜春之余另翻新意。

惜春是词中常见主题，但通常多为惋惜繁红吹尽，此处却通过比较春天的两种典型形象——柳绿与花红，肯定柳绿占春的时间很久，暗示繁红易落，不足可惜，将开篇时的强烈惜春怨春情绪暗中消解。"算春"几句，紧承前面绿柳常在之意，更将自己惜春之情略加自嘲，进一步使词作情绪归于旷达平静。

一个"算"字，与前面"问"字遥遥相对，前面感情强烈，冲口而出，此处则情理兼有，心中转思。

下阕紧接写人之春愁。"春恨"一句，无奈中融入超脱之意，以春恨的普遍存在而将心中无限怨怅情绪淡化。"忍轻辜"两句，言春恨如此难以逃避，哪能因为春恨就轻易辜负了美酒芳醪呢？以酒解忧，古已有之，此处表面是说不要辜负美酒，其实仍是借美酒来解除春恨，获得自我的平衡和慰藉。正话反说，文意曲折，更添许多味道。

"那知"三句，通过自然界桃花自开自落只为结子，而非春去伤怀凋零消瘦的描述，进一步消解春恨。但越是试图消解春恨，越是见出春恨的无所不在。而这些春恨，都是因为人们自身心有所感，见春神伤。"世上"三句，承前"愁只是、人间有"，将人间之愁精练点出。

洞仙歌

晁补之

泗州中秋作①

青烟幂处②，碧海飞金镜③。永夜闲阶卧桂影。露凉时，零乱多少寒螀④，神京远⑤，惟有蓝桥路近⑥。　　水晶帘不下，云母屏开⑦，冷浸佳人淡脂粉。待都将许多明，付与金尊，投晓共流霞倾尽⑧。更携取胡床上南楼，看玉做人间，素秋千顷。

【注释】

①泗州：地名，在今安徽省泗县。此词作于作者正在泗州任上。

②幂（mì）：遮盖。

③金镜：喻指月亮。杜甫诗有"满月飞明镜"。

④寒螀（jiāng）：一种寒虫。

⑤神京：指北宋京都汴梁（今河南省开封市）。

⑥蓝桥：在陕西蓝田县东南，因桥架蓝水之上而得名。唐传奇《裴航》云，书生裴航遇仙姬樊夫人于鄂渚，仙姬赠诗："一饮琼浆百感生，玄霜捣尽见云英。蓝桥便是神仙窟，何必崎岖上玉京。"裴航经蓝桥驿口渴求浆，遇仙人云英，寻得玉杵臼捣药百日，结为仙侣。此词以蓝桥神仙窟代指嫦娥月宫。

⑦云母屏：以透明似玻璃的云母制成的屏风。

⑧投晓：至晓。　流霞：仙酒名，见《抱朴子》。

【鉴赏】

虽然有"东坡中秋词一出，余词尽废"一说，但后来者仍然有不少咏中秋的作品出现。身为苏门四学士之一的晁补之所作的本首中秋词就是其中一首。此词作于徽宗大观四年（1110）中秋，系作者绝笔之作。时作者在泗州（今安徽泗县）任知州。

在词的上阕中，作者描述了一个亦实亦虚、明丽虚远的世界。"青烟"两句，使月亮出现得极富动感而又如梦如幻。在淡淡的袅袅青烟中，明月像一面金光潋滟的镜子飞将出来，出现在澄碧似海的朗朗夜空之中。"永夜"句以下，转写地上，却将天上景象与地上风光浑融交织，似此似彼。"桂影"一词兼写月中丹桂阴影洒于庭院和庭院中桂树阴影洒地的场景，使人产生如在月宫丹桂参差的幻境，让人觉得迷离恍惚，为下文"蓝桥路近"做一铺垫。"露凉时"几句，在迷离深夜中插入寒蝉鸣声，越发将寂寞的深夜衬托得寂静异常。而寒蝉的鸣声在夜深人静之时又引起多少感物伤人之情。一句"神京远"，将屡遭贬谪、仕途坎坷的哀叹隐隐道出。可作者并不停留在这些沉浮荣辱，抱负理想所带来的内心隐痛，而是紧承前面所写如梦如幻的境界，转出"惟有蓝桥路近"，使人世哀伤淡出，而转入离尘仙游的奇妙幻觉之中。

下阕转写厅堂中赏月。"水晶"三句，将地上景象描述得如同仙境。闪闪发光的水晶帘高卷着，雅洁清淡的云母屏风敞开着，冷月清辉与佳人脂粉浑然交映。水晶、云母、冷浸、淡脂粉等意象，使人不辨人间天上，而又与明月清辉浑然一体。"待都将"以下，以月下之人的想象愿望将天上美景纳入人间，从而使人间有如天上，地上之人陶然忘尘。将明月银辉、流彩朝霞想象得有如美酒，可以尽倾于酒杯之中，一直饮到天亮，不是飘飘欲仙之人，想象不出如此情形。"更携取"一句，酒酣兴豪，直欲登楼而承庾亮之遗风，在咏谑畅饮中达到飘然出世、潇洒随意之境界。用典精当，含义丰富。"看玉做人间，素秋千顷"，如此结句，紧承登楼而好像已经身在天上，从月宫俯视人间，月光泻玉，大地千里，一片澄明晶莹，素洁清澈。

瑞龙吟

周邦彦

章台①路，还见褪粉梅梢，试花桃树。愔愔坊陌人家②，定巢燕子，归来旧处。　　黯凝伫，因念个人痴小③，乍窥门户。侵晨浅约宫黄④，障风映袖，盈盈笑语。　　前度刘郎重到⑤，访邻寻里，同时歌舞，惟有旧家秋娘⑥，声价如故。吟笺赋笔，犹记燕台句⑦。知谁伴，名园露饮⑧，东城闲步？事与孤鸿去⑨，探春尽是，伤离意绪。官柳低金缕⑩，归骑晚、纤纤池塘飞雨。断肠院落，一帘风絮。

【注释】

①章台：汉长安有章台街，在章台下。唐人许尧佐有《章台柳传》，后人因以章台为歌伎聚居之所。

②愔愔：安静貌。

③个人：那人、伊人。

④宫黄：宫人用以涂眉之黄粉。

⑤前度刘郎重到：刘禹锡自朗州召回，重过玄都观，写有"种桃道士归何处，前度刘郎今又来"的诗句。

⑥秋娘：唐金陵歌伎。杜牧有《杜秋娘诗并序》。

⑦燕台句：化用李商隐《赠柳枝》诗："长吟远下燕台句，唯有花香染未消。"

⑧露饮：露顶饮酒。

⑨事与孤鸿去：用杜牧诗句"恨如春草多，事与孤鸿去"。

⑩金缕：形容柳条如金线。

【鉴赏】

本词是周邦彦被贬为地方官，十年后又被召还京时所作。故地重游，人世沧桑。作者用隐喻手法，借写重访章台、"桃花人面"之悲，抒发其怀旧追昔的抑郁的政治情怀。此词共三叠。上叠写作者初游故地的所见所感。"章台路"点明地点是京城烟花巷陌之处。接着写季节是梅落桃开、燕子复归的春天。"还见"二字说明此地此景亦如当年所见，独不见当年之人在何处，蕴含着物是人非之感。"惆怅"几句，进一步抒发这种感慨。睹物思人，旧日燕子尚知归巢，人却不知何在，更有人事变迁之叹。

中叠因景及情，因物及人，追忆当年"个人"（那人、情人）音容笑貌："痴小"是娇小，"乍窥门户"是指从门户偷看，显得十分可爱。紧接着描述她打扮入时，满面春风，笑语盈盈的样子。

以上两叠为忆旧，一写今日之景，二写昔日之人，一实一虚，给人以"桃花依旧笑春风""人面不知何处去"的伤感。

下叠是伤今，将怀旧之景写得缠绵婉转。"前度刘郎重到"五句，借典写重访"坊陌"，虽然歌舞依旧，但身价远不如旧日秋娘，暗示旧情人不得相见的伤感。记起当年两人吟笺赋笔、名园共饮、东城闲步的种种美好情景，"知谁

732

伴"乃叹如今却不知谁在陪她，写出无限难堪和今昔强烈对比。"事与孤鸿去"骤然一转，点出"探春尽是，伤离意绪"的怀旧感伤主题。"官柳"下写归途中凄迷春景，照应"章台路"，烘托其探春不遇的断肠情怀。结句以景烘情，含蕴尤其深厚。沈义父云："结句须要放开，含有余不尽之意，以景结情最好，如清真之'断肠院落，一帘风絮'。"本词借景抒情。刘禹锡、杜牧都因参加政治改革而遭贬。作者用他们的典故，正是为了抒发自己的不幸和感慨。

应天长

周邦彦

　　条风布暖①，霏雾弄晴，池台遍满春色。正是夜堂无月，沉沉暗寒食。梁间燕，前社客，似笑我、闭门愁寂。乱花过、隔院芸香②，满地狼藉。　　长记那回时，邂逅相逢，郊外驻油壁③。又见汉宫传烛④，飞烟五侯宅⑤。青青草，迷路陌。强载酒、细寻前迹。市桥远、柳下人家，犹自相识。

【注释】

①条风：春风。又与"调风"谐音，指风调雨顺。

②芸香：指乱花之香气。芸是一种香草。

③油壁：车壁以油饰之，称为油壁车。苏小小诗："妾乘油壁车，郎骑青骢马。何处结同心，西陵松柏下。"

④汉宫传烛：韩翃《寒食》诗有："日暮汉宫传蜡烛，轻烟散入五侯家。"

⑤五侯：汉桓帝封单超新丰侯，徐璜武原侯，具瑗东武阳侯，左悺上蔡侯，唐衡汝阳侯，世称五侯。

【鉴赏】

本词是一首怀人之作。调取名《应天长》，南宋陈元龙注于调名下引《老子》"天长地久"及《长恨歌》"天长地久有时尽，此恨绵绵无绝期"二语，盖是。本词是作者在寒食节时所写。

上阕写"闭门愁寂"的情景。起笔三句描述寒食节白天的情景。春风送来温暖，早上到处弥漫的浓雾，预示着是一个好天气，"弄"字用了拟人手法，显得活泼有朝气；池塘水绿草青，到处充满了生机勃勃，一切都春意盎然。接下来两句，笔锋一转点明此词写作时间，正是寒食节晚上，没有月光的照耀，到处是阴沉沉的。"沉沉"既是夜色写照，也是作者心情写照。起笔三句与此两句氛围形成了鲜明的对比，更加反衬出寒食节昏暗冷清的情景，暗示了作者愁绪满怀的孤寂心情，定下了本词基调。"梁间燕"三句写燕子已归来，站在梁上好像在笑我闭门不出，孤寂愁苦。"闭门愁寂"是上阕主旨，不直接抒写，却从燕子之眼反观，更突出孤寂与苦闷之沉重。结尾两句写乱花飞过，到处充满了花香，本来很美，但又写落花满地，到处一片狼藉，则又让人生悲。闻香见残花，不禁想起伊人，为下阕做了铺垫。

下阕怀人。睹景生情，起头三句记起当年寒食节和伊人在郊外不期而遇的美好情景，同时与今年寒食节形影相吊形成鲜明对比，突出了今日之孤寂愁苦。以下写故地重游情景。"又见"两句写再一次见到汉宫传烛、飞烟散入五侯宅的景象，暗示了物是人非的沉重感叹。"青青草"四句写如今春草繁茂，当年旧路已被迷失在萋萋芳草中，明知人事已异，我还是携酒以游、仔细搜寻，想找回初识之地的一点踪迹。只见远处市桥边柳树旁的一户人家，那是我和伊人旧时相识的地方。今昔对比，物是人非。景物依旧，人却不知何在的无限伤感，"细寻前迹"的结果是更加勾起怀人思念。

时空错综交织与意脉的变幻莫测，是本词的重大特色。

浪淘沙慢

周邦彦

晓阴重，霜凋岸草，雾隐城堞。南陌脂车①待发，东门帐饮乍阕②。正拂面、垂杨堪揽结，掩红泪③、玉手亲折。念汉浦、离鸿去何许？经时信音绝。　　情切，望中地远天阔。向露冷风清，无人处、耿耿寒漏咽。嗟万事难忘，惟是轻别。翠尊未竭，凭断云、留取西楼残月。　　罗带光销纹衾叠，连环解、旧香顿歇④。怨歌永、琼壶敲尽缺⑤。恨春去、不与人期，弄夜色、空余满地梨花雪。

【注释】

①脂车：以脂涂车轴。

②东门帐饮：《汉书》记汉人疏广辞归，公卿大夫设相道，供帐东都门外送行。

③红泪：《丽情集》记蜀妓灼灼以软绡聚红泪寄裴质。

④旧香顿歇：韩寿典故。

⑤琼壶敲尽缺：《世说新语·豪爽》记："王处仲每酒

后，辄咏'老骥伏枥，志在千里……'，以如意打唾壶，壶口尽缺。"

【鉴赏】

这首词主要写的是离别相思（思妇思念情人）之情。

首叠回忆当初离别时的情景。起笔三句点明了别离的时间、地点和景色。"晓阴""霜凋""雾隐"等表明时间是在秋天一个雾气浓密的早晨；地点是在"城堞"边。

这三句描写了一幅浓雾弥漫、岸草凋谢的萧瑟景象，渲染了一种低沉抑郁的气氛，暗示了送行双方的心情。"南陌"两句写妇人正为征人饯别，"帐饮乍阕"表明分手的时刻马上就要来临。接着两句写折柳送别。"柳""留"谐音，因此折柳送别成为我国古典诗词中一个固定意象，表达送行者不愿与离人分别、希望对方能留下来的心愿。

"红泪""玉手"用典，言其不忍分别的悲伤之深切。这两句生动地描述了送行者不忍分别的心情和神态。

结尾两句转入现在，叙写离别后的情况。离人远离后，不知到了哪里，长时间音信全无，引发思妇无限的相思之情。

第二叠主要写思妇别后的思念之情。登高眺望，唯见"地远天阔"，离人行迹杳渺难寻，说不出有多么想念和多么伤感，只能用"情切"二字直呼心声。接着两句写思妇因思念情人到了夜深还不能入睡，想到行人正在"露冷风清，无人处"的凄凉环境中，不禁悲伤泣涕。不直接写思妇流泪，而用"耿耿寒漏咽"来比喻，更能衬托出思妇情感的深切，更能见出其悲伤之凄婉动人。"嗟万事"两句感叹旧事难忘，特别是当初"轻别"尤其难忘，同时又流露出一种追悔，不该轻易分离。结尾两句以杯酒未尽、待归来重饮，希望断云能留住西天的残月作比，表达自己希望行人归来的信念，同时反衬思念之切！此叠的特色在于把思妇对行人的思念之情集中放在一个晚上，便于做充足的描述，同时又含有"夜夜"如此之意。

第三叠转到现在，写思妇的种种怨恨。前三句用了"解连环"和"韩寿偷香"的典故，写思妇思念远方的情人弄得香消玉减仍不见其归来，不由得发出怨言，要与他斩断情丝。"怨歌"句写她用歌声也无法排解心中的郁闷。连用五个比喻，形象描述了离别之苦对思妇的无情折磨，怨恨深重，却又无可奈何，只能转而恨春，发出"恨春去、不与人期"的怨言。结句用雪比梨花，描述了一幅凄清哀寂的画面，更烘托出那种万般无奈的愁怨。正如陈廷焯所言："歌至曲终，觉万鸿哀鸣，天地变色。"（《白雨斋词话》）

本词的特色在于善用典故，善于选取极富感情色彩的词语，以景语写情语，极力铺排，烘托气氛。

满庭芳

周邦彦

夏日溧水无想山作[①]

风老莺雏，雨肥梅子[②]，午阴嘉树清圆。地卑山近，衣润费炉烟。人静乌鸢自乐[③]，小桥外、新绿溅溅[④]。凭栏久，黄芦苦竹，疑泛九江船[⑤]。　　年年，如社燕[⑥]，飘流瀚海[⑦]，来寄修椽[⑧]。且莫思身外[⑨]，长近尊前。憔悴江南倦客，不堪听、急管繁弦。歌筵畔，先安簟枕[⑩]，容我醉时眠。

【注释】

①溧水：今江苏省县名。　无想山："在溧水县南十五里，其山巅有泉，下注成瀑布。"（《江宁府志》）

②风老莺雏，雨肥梅子：化用了杜牧"风蒲燕雏老"和杜甫"红绽雨肥梅"两句诗。"老""肥"用作动词。

③乌鸢：乌鸦。

④溅溅：急流的水声。

⑤"黄芦"两句：白居易《琵琶行》："住近湓江地低

湿，黄芦苦竹绕宅生。"上句是说溧水与溢江相同，下句以白居易贬谪江州（即九江）的处境与心情自比。

⑥社燕：相传燕子于春天的社日飞来，秋天的社日飞去，故称社燕。

⑦瀚海：沙漠地区。这里泛指遥远、荒僻之处。

⑧修椽：承载屋瓦的长椽子，燕子往往筑巢于此。

⑨身外：功名事业都是身外之事。杜甫《绝句漫兴九首》之四："莫思身外无穷事，且尽生前有限杯。"

⑩簟：席子。古人常用簟枕比喻闲居生活。

【鉴赏】

哲宗元祐八年（1093）到绍圣三年（1096），周邦彦任溧水（今属江苏省）县令。本词即是他在溧水任职期间所作。主要抒写他宦浮州县，飘零不遇、哀乐无端的失意之情。

上阕写景。前三句写夏日景物，极具巧思。化用了唐人的诗句，写小黄莺在和暖的春风中长大，梅子因有充足的雨水滋润长得又肥又大，正午阳光直射，树影显得清晰圆正，可见树的葱茏茂密。写出了江南初夏多雨的气候特点和清幽的景色。"地卑山近"二句写了梅雨时节多雨而且潮湿的环境气候，衣服容易生霉，常需熏烤，暗示梅雨气候让人心烦意乱。"人静"二句融情入景，以乌莺之乐反衬自己的烦愁。《宋四家词选》评此二句："体物入微，夹入上下文中，似褒实贬，神味最远。"最后三句把自己的处境与白居易贬谪江州时境况类比，寄寓了怀才不遇的失意感叹。

下阕感叹飘零苦况。开头四句，以春来秋去的燕子自比，写自己行踪的漂泊无定，也即是宦途的不如意。"年年"二字表示长期如此，令人万分惆怅，万分伤感。"且莫思"至句末，写其愁闷心情之难以排解。既然是如此不如意，何不放下功名事业这些身外之事，开怀畅饮，及时行乐呢？

但充满丝竹管弦的盛宴，不但不能排遣江南倦客的愁绪，反而倍增伤感。愁思不已，只有一醉方休，借睡眠忘记一切烦恼，把万念俱灰的颓唐之语写得极含蓄，令人击节赞赏。

本词含蓄蕴藉，寄慨遥深。化用了杜甫、刘禹锡、杜牧诸人诗句，隐括入律，浑然天成。许昂霄认为本词，"通首疏快，实开南宋诸公之先声"（《词综偶评》）。陈廷焯在《白雨斋词话》中指出，"乌鸢虽乐，社燕自苦；九江之船，卒未尝泛。此中有多少说不出处，或是依人之苦，或有患失之心，但说得虽哀怨却不激烈，沉郁顿挫中别饶蕴藉"。

夜游宫

周邦彦

叶下斜阳照水①，卷轻浪、沉沉千里②。桥上酸风射眸子③，立多时，看黄昏，灯火市。　　古屋寒窗底④，听几片、井桐飞坠。不恋单衾再三起，有谁知，为萧娘，书一纸⑤？

【注释】

①叶下：叶落。

②沉沉：形容流水邈远不尽的样子。

③酸风射眸子：冷风刺眼。李贺诗："东关酸风射眸子。"

④寒窗底：寒窗里。

⑤萧娘：女子的泛称。杨巨源《崔娘》诗："风流才子多春思，肠断萧娘一纸书。"

【鉴赏】

本词通过对秋天的景色的描述抒发思家怀人之情感。

上阕写伫立凝望。前两句写秋景。"叶下"即"叶落"，暗示了季节是秋天；"斜阳"点明已近傍晚，也渲染了一种"夕阳无限好，只是近黄昏"的悲凉基调；"卷轻浪、沉沉千里"写苍茫壮阔的江面，暗示了人面对这种渺茫的江水时，只会感觉到自己的渺小孤独。实是写人眼中之景，暗示了人的存在。用"叶下""斜阳""沉沉"等词渲染了一种萧条凄清的氛围。"桥上酸风射眸子"点出了人站在小桥上。"酸"字一是指风冷，另一层则指人伫望久了，寒风吹来，两眼会发酸。"射"字形象写出寒风之刺骨，令人难以忍受。在这样难耐的环境中，本人却"立多时"而不离去，为什么呢？显然傍晚灯火市的普通夜景是不值得他久立伫望的，悬念顿起。

下阕由屋外转写屋内。"古屋"两句写主人公回到屋里，还在发呆，站在寒窗下，怔怔地听着井边梧桐叶飞坠落下的声音。在古典诗词中，梧桐意象是凄清、孤寂等晦暗悲凉情境的象征。如温庭筠《更漏子》有"梧桐树，三更雨，不道离情正苦"；李清照《声声慢》有"梧桐更兼细雨，到黄昏，点点滴滴"。这里写主人公伫立听桐叶飞坠，实际上暗示了他那种愁绪满怀无可排遣、寂寞冷清的孤独处境。在如此寒冷难挨的秋夜，却"不恋单衾再三起"，难以入眠，不知为何。下阕到此句，都是写景色，层层铺垫（渲染了氛围），悬念迭起，让人疑虑重重。周济赞此为"此亦是层层加倍写法"（《宋四家词选》）。到结尾两句"有谁知，为萧娘，书一纸"才道出原委，使人豁然开朗，原来却是因为恋人寄来一封令人肝肠寸断的信啊。不直写"断肠"，化为"萧娘"意，离愁更浓。结句点明主旨，却又点到为止，回味深长。善于制造悬念是本词一大特点。此外，作者善于在时间的推移中通过写景来反映主人公的行踪，悬念迭起，层层铺垫，直到结句，才道破底蕴。

解语花

周邦彦

上 元

　　风销绛蜡①，露浥烘炉②，花市光相射。桂华流瓦③，纤云散、耿耿素娥欲下④。衣裳淡雅，看楚女纤腰一把⑤。箫鼓喧、人影参差⑥，满路飘香麝⑦。　　因念都城放夜⑧，望千门如昼⑨，嬉笑游冶。钿车罗帕⑩，相逢处、自有暗尘随马⑪。年光是也⑫，惟只见、旧情衰谢⑬。清漏移⑭、飞盖归来⑮，从舞休歌罢。

【注释】

①绛蜡：红烛。

②烘炉：一作"红莲"，指莲花灯。

③桂华：代指月亮，因传说月中有桂树。

④耿耿：光明的样子。

⑤楚女纤腰：形容女子身姿娉婷优美。楚女，泛指南方女子。杜牧《遣怀》诗："落魄江南载酒行，楚腰纤细掌中轻。"

⑥参差：杂乱不齐的样子。

⑦香麝：即麝香。

⑧放夜：元宵期间，皇宫附近的灯彩允许都人和仕女纵观。

⑨千门：指宫里千门万户。

⑩钿车罗帕：车上的歌伎用香罗手帕和游人相招。钿车，豪华的车子。

⑪暗尘随马：苏味道《上元》："暗尘随马去，明月逐人来。"这里指车马经过之地，聚拢了很多人。

⑫是也：还是一样。

⑬旧情：过去的豪情。

⑭清漏移：此指夜深了。

⑮飞盖：飞驰的车子。盖，车篷，代指车子。

【鉴赏】

关于这首词的写作地点和年代，周济《宋四家词选》谓是"在荆南作""当与《齐天乐》同时"；近人陈思《清真居士年谱》则认为此词为周邦彦知明州（今浙江宁波）时作，时在徽宗政和五年（1115）。均无确实。本词是作者晚年在外地任职时所作。词的内容是描述上元节的状况，同时抚今追昔，感叹流年，自伤身世。

上阕写眼前元宵之景。起笔三句写灯火。前两句先抑，写通明的红烛在风中逐渐被烧残而销蚀，莲花灯好像被清露沾湿了，灯火像要熄灭，"花市光相射"骤然扬起，暗示元宵的灯火是随消随点、始终灯火通明的。"桂华"两句转写月。如水的月光洒在屋顶瓦上，薄云消散，惹得嫦娥也想下来观看元宵的灯火。这两句不仅写了月光的皎洁，还写出了它的姿容绝代，色相兼备（"桂华"一词含有桂子飘香之意）。接着写游人。"衣裳"两句突出刻画了赏灯的姣美动人的年轻女子形象。一"看"字暗示了作者已是迟暮，只能旁观，无力亲与的伤感，自然转入对年少冶游的回忆。结尾三句实写了元宵节热闹的场景气氛。上阕既写了天上的月光与仙女，又写了人间的灯火与美女，分不清是天上，还是人间，巧妙地描述了元宵的欢乐景象。

下阕则由眼前之景回忆和联想当年汴京元宵旧事。用"因念"二字领起，过渡自然，前三句回忆当年元宵节当天，夜禁开放，千门万户张灯结彩如同白昼，人们嬉笑游玩的热闹气氛。"钿车"三句描写青年男女的忘情追逐，自己也是其中的一员。这是作者回忆的重点，也是引起作者感伤的关键。接着转入嗟叹身世：年年元宵都是一样热闹非凡，可惜物是人非，岁月不等人，旧日豪情早已一去不返，流露出人世沧桑的惆怅。结尾三句写作者无复往日纵情歌舞的闲情逸致，只有提前乘车归去，极写了今昔心理的强烈对比、万念俱灰的痛楚心情。本词构思巧妙，措辞精粹。

花　犯

周邦彦

粉墙低，梅花照眼①，依然旧风味。露痕轻缀，疑净洗铅华②，无限佳丽。去年胜赏曾孤倚，冰盘同燕喜③。更可惜、雪中高树，香篝熏素被④。　　今年对花最匆匆，相逢似有恨，依依愁悴。吟望久，青苔上，旋看飞坠。相将见、脆丸荐酒⑤，人正在、空江烟浪里。但梦想、一枝潇洒，黄昏斜照水⑥。

【注释】

①照眼：映入眼帘。

②铅华：铅粉。旧时女子用来搽脸。此句形容梅花淡雅素净，不同于浓艳的桃李。

③冰盘：白瓷盘。燕喜：过节时饮宴。

④香篝：熏笼。

⑤脆丸：梅子。

⑥黄昏斜照水：化用林逋《山园小梅》："疏影横斜水清浅，暗香浮动月黄昏。"

【鉴赏】

本首咏梅词，托物寓意，借用梅感叹自己宦迹无常和落寞情怀。

上阕前六句写眼前所见之梅：前三句写低矮的粉墙下盛开的梅花风情依旧；后三句写花瓣上还留着露水的痕迹，洗净铅华，显得淡雅素净，依旧美丽。梅犹是旧风情，而人则离合无常。"去年"五句回忆独自雪中赏梅的情景。"孤""同"字写出自己的孤独，唯有与梅相伴的情景。"香篝熏素被"，更显梅花香洁。

下阕前六句又回到今年，匆匆相逢，只见梅花愁悴不堪，正在纷纷飘落于青苔上。"恨""依依愁悴"实是作者自己的感受，将自己的感受融入花中，用了拟人手法。而自己无法留住飘落的梅花，只能眼望着它的落下，表达了作者对花的惜别之情和那种无可奈何的悲哀。"将相见"二句是设想梅子将熟时，作者正泛舟空江烟浪里，一边以梅子荐酒，一边离开这个地方。结尾两句化用林逋《山园小梅》"疏影横斜水清浅，暗香浮动月黄昏"的句意，设想梦中寻梅的情景，想起梅花的倩影，心境更加苍凉。

本词跨越时空界线，将现在、过去和未来巧妙地结合在一块，处处写梅，处处又都有作者的背影，情景相生。本词的写作特点，正如陈洵《海绡说词》所评："起七字极沉着，已将三年情事，一起摄起。'旧风味'从去年虚提。'露痕'三句，复为'照眼'作周旋。然后'去年'逆入，'今年'平出，'相将'倒提，'梦想'逆挽，圆美不难，难在浑劲"。黄蓼园《蓼园词选》亦云："总是见宦迹无常，情怀落寞耳。忽借梅花以写，意超而思永。言梅犹是旧风情，而人则离合无常；去年与梅花共安冷淡，今年梅花正开而人欲远别，梅像含愁悴之意而飞坠；梅子将圆，而人在空江中，时梦想梅影而已。"

六　丑

周邦彦

蔷薇谢后作

　　正单衣试酒，怅客里、光阴虚掷。愿春暂留，春归如过翼①，一去无迹。为问花何在？夜来风雨，葬楚宫倾国②。钗钿堕处遗香泽③，乱点桃蹊，轻翻柳陌④。多情为谁追惜⑤？但蜂媒蝶使⑥，时叩窗隔⑦。　　东园岑寂，渐蒙笼暗碧⑧。静绕珍丛底⑨，成叹息。长条故惹行客⑩，似牵衣待话，别情无极。残英小、强簪巾帻⑪。终不似、一朵钗头颤袅⑫，向人欹侧⑬。漂流处、莫趁潮汐。恐断红、尚有相思字⑭，何由见得？

【注释】

　　①如过翼：像鸟飞掠过去那么快。杜甫《夜二首》诗有"村墟过翼稀"。

　　②葬：葬送，这里指蔷薇花被摧残，此用韩偓诗"夜来风雨葬西施"意。楚宫倾国：以楚王宫里的美人比喻蔷薇

花。倾国，容华绝代的美人。语出李延年歌"北方有佳人，绝世而独立。一顾倾人城，再顾倾人国"。

③钗钿：首饰，此以美人遗落的钗钿比喻飘落的花瓣。

④"乱点"两句：落花在植着桃树、柳树的小路上零乱翻飞。乱点、轻翻，形容落花飞散的样子。桃蹊、柳陌，桃树、柳树下面的路径。

⑤为谁：谁为。

⑥蜂媒蝶使：蜂蝶在花枝上飞来飞去，如花的媒人与使者。

⑦窗隔：窗棂。

⑧蒙笼暗碧：草木茂密，绿叶成荫，环境显得幽暗。

⑨珍丛：指蔷薇花丛。

⑩长条故惹行客：蔷薇有刺，会钩住人的衣服。惹，挑逗。

⑪强簪巾帻：把残花勉强插在头巾上。

⑫颤裹：摆动。

⑬向人欹侧：悦人、媚人之意。

⑭恐断红、尚有相思字：唐时卢渥应举，偶到御沟，拾到一片红叶，见叶上题诗云："流水何太急，深宫竟日闲。殷情谢红叶，好去到人间。"（《云溪友议》）

【鉴赏】

本首长调汲古阁本题为"蔷薇谢后作"。由写谢后的蔷薇，抒发伤春惜花之情，兼寓身世之感。上阕描述蔷薇谢后。开头先点出旅客的闲愁，感叹滞留他乡，光阴流逝，不胜寂寞惆怅之情。此两句虽与蔷薇花谢没有大大的关系，却在伤春惜人的基调上统摄全词。"愿春"三句一语一转，翻出"愿春暂留""流春不住""春去无迹"三层意思，被周济在《宋四家词选》中评为"千回百折，千锤百炼"，点出伤春惜人的主题。下面才写花谢景象。以"为问花何在"发问，接着以美人比喻落花，写花在备受摧残后凋落殆尽。花残是暮春的征象，作者敏感地捕捉到这一典型形象加以细腻的刻画。"为问"句也问得多情，暗示了作者在夜来风雨声中辗转难眠的惜花心情。"钗钿"三句进一步追寻落花踪迹。结尾三句以问答的形式，通过写蜂蝶犹恋落花之有情，反衬无人哀怜谢后蔷薇之无情，借花言人，抒发了作者深沉的感慨。

下阕真正写了惆怅之感。开头四句叙述东园悼花：暮春绿叶茂密，已没有了花，更没有了赏花的人。作者踯躅于蔷薇花丛下，独自叹息。"长条"三句借枝条的恋人写出对人的依恋，脱尽残红的柔条牵住人的衣襟，像要倾诉离别之情。此句被袁行霈先生断为"全词的警策"。在这时，作者发现枝头尚有一朵憔悴的残花，于是摘下来插在头巾上，可见作者对花之爱惜。可由于花太小，毕竟不如一朵鲜花插戴在美人钗边摇曳多姿。这里写人惜花，与上面花恋人相应，情感显得缠绵悱恻，词文也辗转多姿。结尾五句化用"红叶题诗"的故事，劝落红不要随流水俱去，因为断红上恐有相思字，若飘进大海，岂能让情人看见？极尽对谢后蔷薇的凭吊之情，深刻揭示伤春怀人的主题。此阕含蓄委婉，精深华妙。《蓼园词选》评曰："自叹年老远宦，意境落寞；借花起兴，以下是花是自己，比兴无端；指与物化，奇情四溢，不可方物，人巧极而天工生矣！结处意致尤缠绵无已。"周济《宋四家词选》指出下阕的立意特征说："不说人惜花，却说花恋人；不从无花惜春，却从有花惜春；不惜已簪之残英，偏惜欲去之断红。"

兰陵王

周邦彦

柳

柳阴直①，烟里丝丝弄碧②。隋堤上③、曾见几番，拂水飘绵送行色。登临望故国④，谁识京华倦客⑤。长亭路⑥，年去岁来，应折柔条过千尺⑦。　　闲寻旧踪迹，又酒趁哀弦，灯照离席，梨花榆火催寒食⑧。愁一箭风快，半篙波暖，回头迢递便数驿⑨，望人在天北⑩。　　凄恻，恨堆积！渐别浦萦回⑪，津堠岑寂⑫，斜阳冉冉春无极⑬。念月榭携手，露桥闻笛⑭。沉思前事，似梦里，泪暗滴。

【注释】

①柳阴直：长堤上的柳树，行列整齐，柳树的阴影也连缀成一条直线。

②烟里丝丝弄碧：笼罩在烟气里的杨柳丝丝飞舞，在卖弄它嫩绿的姿色。

③隋堤：指汴京至淮河一段的水路，这条堤是隋朝开的，故称隋堤。

④故国：指故乡。

⑤京华倦客：京华，京师。倦客，长久客居，感觉厌倦之人。

⑥长亭：古时驿路上十里一长亭，五里一短亭，以备行人休息，也是送别之地。

⑦应折柔条过千尺：古人送行，多折柳赠别。这句说明作者经常送行。

⑧梨花榆火催寒食：清明前二日为寒食节，相传起于晋

文公悼念介之推事，因介之推抱木焚死，便定于是日禁火寒食，节后另取新火。唐宋时，朝廷于清明日取榆柳之火以赐百官谓之换新火。这句指明饯别的时令是寒食节前。

⑨迢递：遥远貌。

⑩望：回头看。人：指送行的人。

⑪别浦萦回：船开走了，水波在回旋。

⑫津堠：此指码头上守望、可供住宿的处所。津，指渡口。堠，是古代探望敌情的堡垒。

⑬冉冉：慢慢移动的样子。无极：无边。

⑭月榭、露桥：均指夜游的地方。

【鉴赏】

这首慢词是周邦彦的名作之一。这首词借咏柳抒写作者的离别愁恨。

第一叠以柳起兴，抒发感情。第一层专写柳，"柳阴直"表明柳树多且齐整，照应"隋堤"，暗示了时间和地点。"柳""留"谐音，柳丝弄碧，描述了柳丝色彩和柳枝娇媚，丝丝缕缕满含惜别之情。隋堤上拂水飘动的垂柳，见过无数次送行离别（暗含倦客之恨），从而引出"京华倦客"的情怀。"登临"二句是第二层，是一篇之主。写作者厌倦久居京城、思念故乡、欲归不得的惆怅凄凉心情。"长亭路"三句是第三层，用频繁折柳，频频送客，既写出了惜柳之情，又感叹了人世间离别之多。

第二叠追寻当年离别时的状况。"闲寻"四句指船开后，回忆起当年在清明寒食节前，在离别的筵席上，在哀愁的琴瑟中饮酒作别的凄苦情形。"催"字便有岁月匆匆之感。后四句以虚写实。因眷恋旧情，对"一箭风快"反而愁苦。转眼之间，回望已相隔数驿站，送行者已远在天北。以夸张想象之词，抒发了离别时无限惆怅与凄婉的伤痛之感。

第三叠正面抒写别后离恨。"凄恻，恨堆积"一开始便感叹了深重的愁苦。船缓缓地远去，"津堠"已恢复宁静，看到了天边春色中的冉冉斜阳，更容易引起人的迟暮之哀的感叹。用"无极"表述"春"，给人以无限苍茫的时空感，引人遐思。梁启超赞："'斜阳'七字，绮丽中带悲壮，全首精神提起。"（《饮冰室评词》）"念月榭"二句回忆旧时旖旎情景，如今却好梦难再，不胜凄恻悲凉。以"沉思前事，像梦里，泪暗滴"作结，倍增迷茫之致，而轻微悠长。陈廷焯在《白雨斋词话》中评论说："遥遥挽合，妙在才欲说破，便自咽住，其味正自无穷。"

本词在南宋初就广为流传，当时谓之"渭城三叠"。本篇章法井然，结构严谨，三叠情景交融，虚实相应，层次分明，艺术上很有特色。格调典雅，音律流美，造句工巧，充分显示了作者的艺术才华。

西　河

周邦彦

金陵怀古

佳丽地①，南朝盛事谁记②？山围故国绕清江③、髻鬟对起④。怒涛寂寞打孤城⑤，风樯遥度天际⑥。　　断崖树⑦，犹倒倚，莫愁艇子曾系⑧？空余旧迹郁苍苍，雾沉半垒⑨。夜深月过女墙来⑩，伤心东望淮水。　　酒旗戏鼓甚处市⑪？想依稀、王谢邻里⑫。燕子不知何世，入寻常巷陌人家，相对如说兴亡，斜阳里。

【注释】

①佳丽地：指金陵。谢朓《入朝曲》："江南佳丽地，金陵帝王州。"

②南朝：指建都于金陵的六个朝代，即三国东吴、东晋、宋、齐、梁、陈。

③故国：指金陵，南朝故都。清江：长江。

④髻鬟：古代妇女的发髻。

⑤孤城：指金陵。以上数句化用刘禹锡《金陵五题·石头城》诗句："山围故国周遭在，潮打空城寂寞回。"

⑥风樯：指帆船。樯，桅杆。

⑦断崖：临水的山崖。

⑧莫愁：传说南朝时的女子。古乐府《莫愁乐》："艇子打两桨，催送莫愁来。"以上三句说莫愁系艇的古树，如今还横倒在陡峭的山崖上。

⑨雾沉半垒：雾气遮盖了半边城的营垒。

⑩女墙：城上的矮墙。刘禹锡《金陵五题·石头城》："淮水东边旧时月，夜深还过女墙来。"

⑪酒旗戏鼓：酒楼、戏馆，繁华的场所。

⑫王谢：东晋时的两个世家大族王导与谢安，官居朝廷宰相、中书令等要职，住在金陵乌衣巷一带。

【鉴赏】

这首词另一题为"金陵怀古"，怀古即是本篇中心。

首叠以"佳丽地"为发端，赞叹了故国山河之雄伟壮丽。"佳丽地"三字点明地点，并表明金陵是一个历史上令人羡慕的地方，把它推上很高的地位。"南朝"句进入怀古，发出如今还有谁记得金陵昔日的繁华盛世的疑问。接着四句描述眼前所见景物：苍莽的群山，清清的江水围绕着昔日的都城，夹峙的山峰好像妇女头上的髻鬟，汹涌的怒涛扑打着寂寞的空城。有几艘船正扬帆驶向遥远的天边。句句写景，暗用刘禹锡《石头城》诗意，实已见出了今昔强烈对比，抒发了对历史兴亡的无限苍凉之感。

第二叠承上，进一步描述了历史遗迹。"断崖"两句写莫愁系艇的古树还横倒在陡峭的山崖上。当年万人争睹，如今断崖倒树，触目荒凉。接着写所有一切都是空余陈迹。孤寂的城垒已长满了葱茏的树木，在雾气笼罩里，只能看见一半。深夜的月光越过女墙洒在滔滔不止的秦淮河上。昔日繁华与今日之荒凉形成鲜明对比，面对滔滔东去的江水，苍凉之情油然而生。"伤心"二字点明了作者情绪。

第三叠转写眼前近景，由此抒发兴亡之感。起笔故作疑问，眼前酒旗飘摇、戏鼓喧闹的地方是哪里呢？接着化用刘禹锡《乌衣巷》诗意，回答或许是与王谢比邻的乌衣巷吧。接着选取燕子意象，进行了详细的描写：燕子不知朝代更迭，但已从王谢豪门大族堂前迁入邻里的寻常巷陌了，但它们也懂盛衰兴亡，在斜阳里相互呢喃着诉说兴亡之感。本是作者抒发兴亡之叹，借燕子口说来，更增添无限苍凉悲壮之情、沧桑怀古之意。

本首怀古词的特点在于通篇写景，把一切情语完全融于景语当中。全篇意象浑成，疏密相间，尤善化用前人诗句，如同己出。梁启超在《饮冰室评词》中谓"读此词，可见此中三昧"。

蝶恋花

周邦彦

月皎惊乌栖不定①，更漏将残②，辘轳牵金井③。唤起两眸清炯炯④，泪花落枕红绵冷⑤。　　执手霜风吹鬓影，去意徊徨⑥，别语愁难听。楼上阑干横斗柄⑦，露寒人远鸡相应。

【注释】

①皎：洁白。　栖不定：睡不安稳。

②更漏：古代以铜壶滴水报时，一夜为五更，故称更漏。　残：尽。

③辘轳：一作"轳辘"，打水用的滑车。　牵：拉起打水的吊桶。　金井：雕饰的井栏。

④炯炯：明亮的样子。潘岳《寡妇赋》："目炯炯而不寝。"

⑤红绵：指枕芯。

⑥徊徨：彷徨不安的样子。

760

⑦阑干：纵横交错的样子。　斗柄：北斗星当中的第五颗到第七颗，三颗星形如斗柄，故称。

【鉴赏】

本词又题为"早行"，是早起送别之写。描述一对恋人秋日清晨离别时凄婉缠绵的情景。黄蓼园在《蓼园词选》言其："首一阕言未行前，闻乌惊漏残、辘轳响而惊醒泪落。次阕言别时情况凄楚，玉人远而惟鸡相应，更觉凄婉矣。"

上阕所写的环境是室内，写将别未别之前的情景。前二句写明月惊动着乌鸦使它睡不安详，残夜将尽，井边已传来辘轳汲水的声音。"月皎"到"更漏将残"有一个时间推移的过程，皎月惊乌，更漏声、辘轳汲水声都是送行之人所见所闻，暗示了他在离别前夜睡不着。

"唤起"二句写离人情意，抓住"清炯炯""红绵冷"两个细节，"清炯炯"实为不愿离别而彻夜不睡的情态，"红绵冷"表明泪落的时间长久，泪水流了很多。此两句笔触细腻，神态宛然。王世贞《艺苑卮言》中评论："其形容睡起之妙，真能动人。"

上阕从室外写到室内，通过时间推移和细节描述等，揭示人物缠绵悱恻、依依惜别之情。

下阕写离别时的景观。"执手"三句写别时悲苦难堪。"执手相看泪眼"不忍分别，"霜风"寒冷，"鬓影"憔悴，一句之中包含无限离别愁绪。"去意徊徨"写难舍难分、不愿离去；"别语愁难听"写痛切之甚，连说了什么离别的话都不知道，与柳永《雨霖铃》"执手相看泪眼，竟无语凝噎"，以"无语"写断肠之痛有异曲同工之妙。

"楼上"两句直转急收，写别后孤独寂寞的情态。时间已推移到晚上。写离人远去后，送行之人还登楼远眺，一直到晚上北斗星都已升起，露气寒冷逼人也不愿离去，然而人影已不在，唯有鸡声与他相应，凄婉之情可见。

这首词虽很短，却描述出了别前、别时和别后的不同情形。本篇首尾呼应，脉络清晰，层次分明，生动地描绘了一幅清秋早行送别图，将依依不舍的惜别之情表现得淋漓尽致。

关河令

周邦彦

秋阴时晴渐向暝，变一庭凄冷。伫听寒声[1]，云深无雁影。　　更深人去寂静，但照壁、孤灯相映。酒已都醒，如何消夜永[2]？

【注释】

①寒声：秋声。

②夜永：长夜。

【鉴赏】

本首词牌本名《清商怨》，源于古乐府。欧阳修曾以此曲填词，首句为"关河愁思望处满"，周邦彦取"关河"二字，名为《关河令》，隐喻羁旅思家之情。

上阕写日间情景，起笔两句渲染了一种寒冷凄清的氛围，定下了本词孤冷的基调。

秋天天气大部分是阴沉沉的，即使偶有放晴也已到了黄昏的时候，因此秋天里院子是凄清寒冷的。秋天给人感觉本来就是萧条的，作者还用了"阴""暝""凄""冷"等色彩灰暗的词语，更加突出秋天那种晦暗容易引人愁思的环境氛围，实是写作者心情少有开心。

三、四两句写人的活动，一个"伫"字写出了主人公思家之切，长时间站立在凄冷的院子中，虽然寒风侵袭，却不愿回屋，为的是等待大雁捎来亲人的消息，怎奈"云深无雁影"，抒发思家不得归的忧愁，落寞孤独的心情表露无遗。

下阕写夜间情景，漫漫长夜最能引起人的孤独感。夜已深，人已散，到处寂静万分，只有一盏孤灯和它照在墙壁上的影子寂寞相伴。灯尚如此，人何以堪？寂寞孤独之情可想而知，只有借酒浇愁，让自己醉眠以忘记内心的愁绪。

然而最痛苦的莫过于愁思太深，才半夜就已酒醒了，愁上加愁，我将如何度过这漫漫秋夜呀？用一疑问句作结，羁旅孤栖的愁思更深一层，让人回味不已。

本词以时间推移为线索，上阕明处写景，暗里抒情，下阕写夜间情景，明里抒情。

临江仙

晁冲之

忆昔西池池上饮①，年年多少欢娱。别来不寄一行书，寻常相见了，犹道不如初。　　安稳锦衾今夜梦②，月明好渡江湖。相思休问定何如，情知春去后，管得落花无。

【注释】

①西池：北宋都城汴京城西的金明池。

②锦衾：华美的绣被。

【鉴赏】

这首词为怀念京城旧游，感怀仕途之作，作于哲宗绍圣二年（1095）。

上阕忆旧。起句直接点明回忆，而隐含无数怅惘情绪。晁冲之与其兄补之、咏之，以及苏轼、苏门四学士中的黄庭坚、秦观、张耒等友情甚笃，早年意气风发经常同游宴饮，无限欢娱。后因党争中遭新党嫉恨，他们多次被贬，四落他乡。此时天涯相隔，只能回忆昔日欢娱之时饮酒唱和的状况、同道相知的友情。

"年年"一词，极写欢聚之频，"多少"，见出怀想之中无限留恋感慨。

"别来"一句，词意顿折，写"西池"欢宴之故友一旦遭贬后，连书信都没有一封。虽只是以客观冷静之笔叙写了一个事实，却暗含很多人世风味。昔日意气相投，别后却无片言只语，其中缘由，令人悬想感叹。

当时旧党被逐，个个忧谗惧祸，哪里还敢联系？即使再有相逢之时，也是各自忧心顾忌，见面只会寻常平淡，哪里还能有当初宴饮西池时的欢娱豪畅呢？词虽平淡，却巧妙而深曲地传达出经过残酷党争、倾轧和迫害之后的复杂心态，可谓言约而义丰。

下阕于无可奈何之中，安排今晚的梦境。

"安稳"一词，与其说是对作者所拥枕衾的描述，不如说是经历了严酷党争变幻的作者希望求得安稳一觉的表现。

　　"月明好渡江湖"化用前人江湖意象，表达了作者厌倦仕途，希望隐居的情怀。李白《梦游天姥吟留别》中云："我欲因之梦吴越，一夜飞渡镜湖月。"此处作者化用其意，描绘了一个月明飞渡江湖的梦境，加一"好"字，流露出作者退隐江湖的欣喜之情。而处身于仕途，身不由己，只能飞来遥想，设想梦中与友人同隐江湖，语气平静略带欢畅，实则含泪空想。结尾三句，悬想梦中与故人相见后情景。同道至交天涯相隔，一旦相见，自然很想相询别来景况。

　　本词看像无情，却淡语深致，独标一格。

惜分飞

毛 滂

富阳僧舍作别语赠妓琼芳①

　　泪湿阑干花著露②，愁到眉峰碧聚③。此恨平分取，更无言语空相觑。　　断雨残云无意绪，寂寞朝朝暮暮。今夜山深处，断魂分付潮回去④。

【注释】

①富阳：在浙江杭州西南富春江北岸。

②阑干：眼泪纵横的样子。白居易《长恨歌》："玉容寂寞泪阑干。"

③愁到眉峰碧聚：化用张泌《思越人词》："黛眉愁聚春碧。"形容愁上眉梢，心事重重。

④断魂：离魂。　潮回去：意为让钱塘江潮带回作者对意中人的思念。潮，指钱塘江潮。

【鉴赏】

本词主要是抒写离情别绪，作于哲宗元祐年间，当时毛滂为杭州法曹。据田汝成《西湖游览志余》卷十六记载，苏轼任杭州知州时，毛滂为法曹掾，与歌伎琼芳相好，三年任满辞职，途经富阳僧舍作《惜分飞》词以赠琼芳。

上阕追述离别时光。"泪湿"两句，化用白居易《长恨歌》"玉容寂寞泪阑干，梨花一枝春带雨"诗意，将离别时琼芳泪眼迷离，如花瓣带露的凄美形象描述了出来，让人既见琼芳之美，更见琼芳之多情。"愁到眉峰碧聚"，写琼芳愁上眉头的情态。"碧"字形容其色泽之浓，"聚"字状写其眉头紧锁之状。"此恨平分取"，像是被送者安慰伤心欲绝的人儿，更是被送者心中也有同样的伤心离恨。此话一出，自己之伤心再难抑制，千言万语，再没有其他的话了，只剩下对着满面泪痕、愁眉紧锁的情人痴痴地看着。令人想到柳永《雨霖铃》词中"执手相看泪眼，竟无语凝噎"之句。

"空相觑"一语，将情人生离死别、难分难舍而又无可奈何之状写得入木三分。

下阕写别后相思之苦。从下阕来看，上阕所写离别情景，当是追忆往事，而非写实。"断雨残云"既写景，又写情。雨丝零乱，残云纷飞，烘托了诗人的心境：而"云""雨"又暗寓着曾有过的云雨缠绵，今日一别，各种欢情顿时如断雨残云般消散。

贺新郎

叶梦得

　　睡起流莺语，掩苍苔房栊向晚①，乱红无数。吹尽残花无人见，唯有垂杨自舞②。渐暖霭③、初回轻暑。宝扇重寻明月影，暗尘侵、上有乘鸾女④。　　惊旧恨，遽如许⑤。江南梦断横江渚⑥。浪粘天、葡萄涨绿⑦，半空烟雨。

无限楼前沧波意，谁采蘋花寄取⑧？但怅望、兰舟容与⑨。

万里云帆何时到？送孤鸿、目断千山阻。谁为我，唱金缕⑩？

【注释】

①房栊：窗户。

②垂杨：也作"垂阳"。

③暖霭：暑气。

④乘鸾女：仙女。

⑤遽如许：这般强烈。

⑥渚：水中的小块陆地。

⑦葡萄涨绿：化用李白《襄阳歌》中的诗句"遥看汉水鸭头绿，恰似葡萄初酦醅"，写江潮景色。

⑧采蘋花寄取：柳宗元诗："春风无限潇湘意，欲采蘋花不自由。"这里有采取蘋花寄赠友人表示思念之意。

⑨容与：徘徊不前的样子。

⑩金缕：指乐曲《金缕衣》。

【鉴赏】

本首词是作者早年所作的一首婉约词，主要借暮春景色抒发怅恨失意的无限相思、青春虚掷的无限感慨。写景清新明快，词风婉丽，但抒情深婉，情深意长。

上阕重点写静景以表达相恋情深之意。起句以婉转莺语、片片苍苔、点点落红来烘托午睡后傍晚时分的清幽宁静，包含对春光已尽的惋惜。"吹尽"再写花自飘零柳自舞，让人倍觉幽静中的凄清、孤独。"渐暖霭"点明季节变化带来初夏的暑气，于是寻出尘封已久的团如明月的"宝扇"，其上仙女隐约的姿容引起了作者对过去生活的怀恋。"暗"写出这段感情在作者心中潜藏已久，但不经意的回想引出的"旧恨"依然如此强烈，令人惊异。作者步步深入地写出人物的情深意笃。下阕紧承深情回想，以想象展示"旧恨"引出的心底波澜。起句即点明往日温情已不复存在。"粘""涨"极言江上碧浪连天、一片烟雨空蒙浩渺，实则是抒发怅恨难遣之情。"横江渚"这无法跨越的阻碍使作者由己及人，想象对方凭谁采取蘋花以寄相思呢？她也依然心怀旧情，有深情难寄之苦吧。又由人及己，写作者也只能怅叹舟船阻隔不通。相思至极，只能目送飞鸿，阻断千山。"目断"刻画出作者凝神远眺万水千山的神情，以此来说明他对佳人的无尽思念。结尾二句，作者深悔少年时虚度光阴，再次点出如今自己的孤苦处境。没有人会为我吟唱《金缕衣》以示劝诫和安慰："劝君莫惜金缕衣，劝君须惜少年时。有花堪折直须折，莫待无花空折枝。"由想象牵引的抒情笔致几经跳跃变化，最终回到现实与开篇相合，使结构圆融完整。

虞美人

叶梦得

雨后同幹誉、才卿置酒来禽花下作①。

　　落花已作风前舞，又送黄昏雨。晓来庭院半残红②，惟有游丝千丈③，袅晴空④。　　殷勤花下同携手，更尽杯中酒。美人不用敛蛾眉，我亦多情无奈，酒阑时⑤。

【注释】

①来禽：沙果，也称花红。古时是林檎的别称。

②半残红：花已飘零过半。

③游丝：飞扬的柳丝。

④袅：在空中柔美细长的样子。

⑤酒阑：酒醉。

【鉴赏】

　　本首别离词无论写暮春景色还是抒离愁别绪都别具一格，写别离春景不觉凄然，抒离愁别绪不见凄伤，叶词的简淡雄杰之风可见一斑。

上阕写早晨所见的暮春景象。题后的小序提示作者在庭院花下与友人饮酒叙别所见。"落花已作风前舞，又送黄昏雨"，暮春时节雨打风吹花飘零的自然景象总要出现在作者笔底，可是作者却有意颠倒自然界中的主客关系，不说风雨吹打落花，反而说落花在风前飞舞，又送走了一场春雨，这样就减弱了离别的悲凉气氛。

"晓来"句写花已凋零的景象，用"残"字略微点出离别之愁。"惟有游丝千丈，袅晴空"中的"惟有"二字又暗示出人物的孤独感。"游丝千丈"是移情于景的夸张手法，形容别离之愁的深长，但同时"袅晴空"所写的柳丝在晴空下飞舞的景象又给人欢欣之感。

总之作者以景物描述渲染出的离愁别绪，不是凄伤不堪的愁苦悲哀。

下阕记饮酒话别。"殷勤花下同携手，更尽杯中酒"，这是写殷殷话别的场面。

"殷勤""携手""更尽"写出话别者情感的深厚真切，表现友人们离别时虽有深情留恋，但也不缺乏豪爽豁达，这是作者别离词的独特之处。

"美人不用敛蛾眉，我亦多情无奈，酒阑时"，"敛蛾眉"是描述美人因别离而生愁。

朋友离别，感伤难免，作者是借劝慰美人的话来安慰朋

友。"我亦多情"这一直言之笔，与上阕"游丝千丈"的夸
张写景相呼应，突出我的多愁善感，也有离别虽然令人感
伤，但又无法改变，不得不如此的意思。

结尾一句，作者写出了自己伤别之中的冷静豁达，显示
出不同于一般别离词的地方。

喜迁莺

刘一止

晓　行

晓光催角①，听宿鸟未惊，邻鸡先觉②。迤逦烟村③，马
嘶人起，残月尚穿林薄④。泪痕带霜微凝，酒力冲寒犹弱。
叹倦客，悄不禁重染⑤，风尘京洛⑥。　　追念人别后，心
事万重，难觅孤鸿托。翠幌娇深⑦，曲屏香暖，争念岁寒飘
泊⑧。怨月恨花烦恼，不是不曾经着。者情味⑨、望一成消
减⑩，新来还恶。

【注释】

①角：报晓的画角，用兽角制成。

②觉：醒。

③迤逦：绵延不绝。

④林薄：草木丛生的地方。

⑤悄不禁：怎禁得起。

⑥风尘京洛：陆机《为顾彦先赠妇》里有"京洛多风尘，素衣化为缁"，这里化用来指京城对人的影响。

⑦翠幌：翠幕。

⑧争念：怎念。

⑨者：这。

⑩一成：渐渐。

【鉴赏】

本首以别离之苦为主题的"晓行词"受古人赞赏，多是因为"'宿鸟'以下七句，字字真切，觉晓行情景，宛在目前"（许昂霄《词综偶评》）。首先看上阕描述的"晓行图"。开篇是以声绘晓色。在晨光微露之时，响起号角声声，栖息的鸟儿未被惊醒，附近的公鸡却已经啼鸣报晓了。"催""未"暗示出这是人嫌冷、鸟觉早的晨起。"鸟未惊"而"鸡先觉"，是说鸡敏于听觉而鸟敏于视觉。鸟栖息林中，天色还早的黯淡光线更不会被它们所察觉到，这样就写出了残夜未尽天光朦胧的特点。接下是以所见写晨起。远处炊烟笼罩的村落里，草木丛生的地带，还有未落的月亮的残辉。马嘶鸣着，远行的人们整装待发。"泪痕"句从绘声绘色的全景描述转为亲人话别的场面特写。脸上的泪水被寒霜所凝固，送行的薄酒无法抵挡清晓的寒冷，却使别离者更感离别的悲凉。

下阕写追思。分离后的万端思绪由"追念"领起，由于它无法让家人知道，所以"翠帻"几句，是抒情主人公在"难觅孤鸿托"之后对家中情景的细致想象。回首本篇，始觉"追念"一词不仅领起下阕，而且总领本词。苦苦思念之中也追忆了往昔别离情景，句句真切。

转调二郎神

徐　伸

闷来弹鹊①，又搅碎、一帘花影。漫试著春衫②，还思纤手，熏彻金猊烬冷③。动是愁端如何向，但怪得新来多病。嗟旧日沈腰④，如今潘鬓⑤，怎堪临镜？　　重省，别时泪湿，罗衣犹凝。料为我厌厌，日高慵起，长托春醒未醒⑥。雁足不来⑦，马蹄难驻，门掩一庭芳景。空伫立，尽日阑干倚遍，昼长人静。

【注释】

①弹鹊：用弹击走喜鹊。

②漫：随意，漫不经心。

③金猊烬冷：金猊炉内香灰已冷。

④沈腰：瘦腰。南朝梁沈约以瘦弱著名。

⑤潘鬓：未老头白。典出潘岳《秋兴赋》序："余春秋三十有二，始见二毛。"

⑥酲：病酒。

⑦雁足：代指信使。

【鉴赏】

相传作者有一侍妾，"为正室不容逐去"，于是作本词以怀念其爱妾。本词以感情真挚而闻名天下。词的上阕首先从自己的角度来描述。本词的下阕再从对方的角度来写。以"重省"两字开头，想象自己的爱妾正在同样地思念着自己。本词抒情婉曲，笔法细腻。作者善于捕捉典型的场景和心理感受，这种独具特色的艺术表现手法，深感动人。

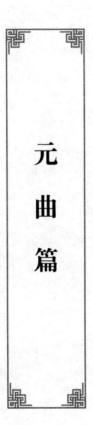

元曲篇

骤雨打新荷①

元好问

绿叶阴浓，遍池亭水阁，偏趁凉多②。海榴初绽，妖艳喷香罗③。老燕携雏弄语④，有高柳鸣蝉相和⑤。骤雨过，珍珠乱糁，打遍新荷。⑥　　人生有几？念良辰美景⑦，休放虚过。穷通前定⑧，何用苦张罗！命友邀宾玩赏⑨，对芳樽浅酌低歌⑩。且酩酊⑪，任他两轮日月，来往如梭。

【注释】

①骤雨打新荷：原名《小圣乐》，本为词牌名，曲牌沿用之，为双调。自元好问用此调填制，因曲中有"骤雨过，珍珠乱糁，打遍新荷"之句，当时广为传唱，曲调遂更名为《骤雨打新荷》。元陶宗仪《南村辍耕录》："小圣乐乃小石调曲，元遗山先生好问所制，而名姬多歌之，俗以为骤雨打新荷者是也。"

②偏：最，尤，特别。趁：寻。

③"海榴"两句：形容石榴花妖娆怒放，如同枝头喷

出的香罗织物一样。海榴，即石榴，以自海外移植，故名。绽，裂开。唐元稹《早春登龙山静胜寺时非休浣司空特许是行因赠幕中诸公》："海榴红绽锦窠匀。"喷，激射，此处形容石榴花怒放的样子。罗，一种轻软的丝织物，香罗是对罗的美称。

④弄：戏耍。

⑤和：应和，唱和。

⑥糁（sǎn）：撒落。宋晁补之《水龙吟》词"坐看骤雨来湖面，跳珠溅玉，圆荷翻倒"为元好问此三句所本。

⑦良辰美景：美好的时光和优美的景物。南朝谢灵运《拟魏太子邺中集诗序》："天下良辰、美景、赏心、乐事，四者难并。"

⑧穷通前定：此句意为，个人命运的好坏是前世就注定了的。这是一种唯心的迷信说法。穷通，穷困和显达。语本《庄子·让王》："古之得道者，穷亦乐，通亦乐，所乐非穷通也。"

⑨命：呼名。

⑩"对芳"句：慢慢地品饮着酒，听赏轻柔的歌声。语本宋柳永《鹤冲天》词："忍把浮名，换了浅斟低唱。"樽，酒杯。酌，斟酒，饮酒。

⑪酩酊（mǐng dǐng）：大醉。

【鉴赏】

这是金元散曲的名篇。上片写池亭纳凉之景，动静结合，视听共享：浓荫绿叶与石榴红花相映，燕莺弄语与高柳鸣蝉共响。正在玩赏之际，一阵无情的雷雨，如珍珠溅玉一般，给大自然的美景来了一番洗礼！下片对景抒怀，表达的是遗民文人浅斟低唱的生活和及时行乐的思想，曲折地表露出作者对现实的不满。

喜春来　春宴①

元好问

梅残玉靥香犹在②，柳破金梢眼未开③。东风和气满楼台。桃杏坼，宜唱《喜春来》。

【注释】

①喜春来：曲牌名，又叫《阳春曲》或《惜芳春》。春宴：曲牌的题目。此调的首二句要求对仗。

②残：余，剩。玉靥（yè）：这里形容梅花的洁白。

靥，脸上的酒窝。

③破：着，在。金梢：金黄色的柳枝梢头，形容嫩柳的枝条。眼：这里指似眼状的柳叶。

【鉴赏】

这首小令以白描手法写春宴时的即景："梅残"句从色（玉）、形（靥）、味（香）来摹写凋落的梅花，"柳破"句从色（金）、形（眼）来描写生长着的柳叶。又以和风中怒放的桃花、杏花，渲染出一派春意盎然的春色。结句高歌《喜春来》点题。

人月圆 卜居外家东园①

元好问

重冈已隔红尘断②，村落更年丰③。移居要就：窗中远岫④，舍后长松。　　十年种木，一年种谷，都付儿童⑤。老夫惟有，醒来明月，醉后清风。⑥

【注释】

①人月圆：原为词牌名，曲牌沿用之，为双调。卜居：用占卜的方式选择定居之地。后泛指择地定居。外家：外祖父、外祖母家，娘家，岳父母家皆可称外家。此指元好问生母张夫人的娘家，金天兴二年（1233）元月，汴京被蒙古军队所破，在朝任职的元好问随被俘官员羁系聊城，后移冠氏县。直到蒙古太宗十一年（1239）才携家回到故乡忻州秀容（今山西忻州）。

②红尘：本佛语，喻烦扰喧闹的人世。断：尽。

③更：虽然，纵然。

④岫（xiù）：峰峦。南朝齐谢朓《郡内高斋闲望答吕法曹诗》："窗中列远岫，庭际俯乔林。"

⑤都：总。

⑥"醒来"二句：此二句表面上抒写醉生梦死的闲居生活。本于《南史·谢谲传》："有时独醉，曰：'入吾室者，但有清风；对吾饮者，唯当明月。'"

【鉴赏】

作者在亡国后漂泊多年，终于回到生母的"外家"。上片"窗中远岫，舍后长松"的卜居环境，既"隔""重冈"，又"断""红尘"，自是远离蒙古统治者的世外桃源。下片

"醒来明月，醉后清风"的卜居生活，重点不在"种木""种谷"的农家生活，而是表达家破国亡、今昔盛衰之醉感。"醉后"一任"清风"吹拂，"醒来"唯与"明月"相伴，在看似悠闲的字里行间饱含满腹的忧愤。

小桃红　采莲女二首[①]

杨　果

采莲人和采莲歌[②]，柳外兰舟过[③]，不管鸳鸯梦惊破[④]。夜如何？有人独上江楼卧[⑤]。伤心莫唱、南朝旧曲[⑥]，司马泪痕多[⑦]。

采莲湖上棹船回[⑧]，风约湘裙翠[⑨]，一曲琵琶数行泪。望君归，芙蓉开尽无消息。晚凉多少，红鸳白鹭，何处不双飞？

【注释】

　①小桃红：曲牌名。采莲女：曲牌的题目，指采莲的妇女。

②和：应和，唱和。

③兰舟：用木兰树木制成的舟。这里喻装饰精美的小船。

④破：过，指梦醒。

⑤"有人"句：化用唐赵嘏《江楼旧感》诗"独上江楼思渺然"之句。

⑥南朝旧曲：指南朝陈后主所制《玉树后庭花》曲，此曲常被后人认作是亡国之音。

⑦司马泪痕：唐代诗人白居易曾被贬任江州司马，其间写的长诗《琵琶行》中有"座中泣下谁最多？江州司马青衫湿"之句。

⑧棹船：划水行船。

⑨"风约"句：此句意为湖风掠动翠绿色的湘裙。约，掠，拂。湘裙，对妇女所着裙的美称。这里指代采莲女。唐李群玉《同郑相并歌姬小饮戏赠》诗"裙拖六幅湘江水"为湘裙所本。

【鉴赏】

　　杨果是由金入元的散曲作家，金亡后五年才出来做官。第一首小令以婉曲的语言抒发深沉的兴亡之感。开首"采莲人和采莲歌"的柳外荡舟、莲歌互答的氛围，是为了反衬独卧江楼之人抒发的"南朝旧曲，司马泪痕多"的悲戚心境，所谓"以乐景写哀""一倍增其哀乐"。第二首小令是一支写少妇怀远的抒情小曲。那"风约湘裙翠"的绰约形象和风姿，既有着沦落天涯的"一曲琵琶"的倾诉，也有着"晚凉"中的"芙蓉开尽"的命运；而"何处不双飞"的"红鸳白鹭"，更衬托了无时不在孤独寂寞中的"湘裙"。

干荷叶①　　三首

刘秉忠

干荷叶，色苍苍②，老柄风摇荡。减清香，越添黄。都因昨夜一场霜，寂寞在秋江上③。

干荷叶，色无多，不耐风霜锉④。贴秋波，倒枝柯，宫娃齐唱采莲歌⑤。梦里繁华过。

南高峰，北高峰，惨淡烟霞洞。⑥宋高宗⑦，一场空，吴山依旧酒旗风⑧，两度江南梦⑨。

【注释】

①干荷叶：又名《翠盘秋》，曲牌名。

②苍苍：深绿色。

③"寂寞"句：化用唐杜甫《秋兴八首》中"鱼龙寂寞秋江冷"的诗句，指冷清的江上秋色。在：这里是曲中衬字。

④锉（cuò）：同"挫"，折伤，摧残。

⑤"宫娃"句：本于唐许浑《夜泊永乐有怀》的诗句"吴娃齐唱采莲歌"。宫娃，宫女。"娃"是吴地对少女的通称。采莲歌，南朝梁武帝制有《采莲曲》，这里泛指宫廷传唱的歌曲。

⑥"南高峰"三句：南高峰、北高峰、烟霞洞都是今浙江杭州西湖周围的风景名胜。惨淡，凄凉的景象。

⑦宋高宗：南宋第一位皇帝赵构，北宋末初封为康王。靖康之难，北宋徽、钦二帝被金人俘获后，赵构在南京应天府（今河南商丘）即位。后渡江建都临安（今浙江杭州），偏安于东南一隅。

⑧吴山：又名胥山或城隍山，位于杭州西湖东南，右可鸟瞰西湖全景，左可俯视钱塘江，并能总览临安全城。金主完颜亮曾想灭掉南宋，有"立马吴山第一峰"的豪语。酒旗风：酒家的旗幌在风中飘动。本于唐杜牧《江南春》的诗句"水村山郭酒旗风"。

⑨"两度"句：杭州是五代时吴越王钱镠建都的地方，南宋的赵构又建都于此，故说"两度"。全句是说这两个王

朝都已经像梦一样成为过去的历史。

【鉴赏】

刘秉忠生于金，仕于元，又曾出过家，其饱经世事沧桑又曾皈依空门的经历，使他对生命的短促、人事的无常、朝代的更迭有更深的感悟。第一首写荷叶在深秋的风霜侵凌下叶枯香减的情景。摹写的形态是其叶干、其柄老、其色苍、其香减；经过"昨夜一场霜"，它的情态是"寂寞在秋江上"。

第二首进一步写残荷的结局。它的"不耐风霜"，承前是因"色苍苍"到"添黄"，启后是"贴秋波""倒枝柯"。结句的"梦里繁华过"，追溯当日繁华，把当前的景象反衬得倍加凄凉，此为逆挽笔法（指颠倒顺序，先说后，再说前）。前两首借干荷叶托物起兴，兴起的是繁华的消歇和时势的炎凉之慨。

第三首由荷叶的命运联想到南宋王朝的命运。它从临安（今浙江杭州）附近的景物起兴，直抒对偏安王朝的兴亡感喟。山川的"依旧"反衬王朝的梦空，更给人以人事沧桑、历史变迁之感。

小桃红 西园秋暮①

盍西村

玉簪金菊露凝秋②，酿出西园秀。烟柳新来为谁瘦③？畅风流④，醉归不记黄昏后。小槽细酒⑤，锦堂晴昼⑥，拼却再扶头⑦。

【注释】

①小桃红：曲牌名。西园秋暮：为临川（今江西抚州）八景之一。其余七景分别是：东城早春、江岸水灯、金堤风柳、客船夜期、戍楼残霞、市桥月色、莲塘雨声。

②玉簪（zān）：白萼花，夏秋间开花，洁白清香，花蕊如簪头，故名玉簪。

③烟柳：这里指黄昏远望柳树的朦胧景色。瘦：形容柳树枝条的苗条、婀娜。

④畅：正。风流：潇洒自如。

⑤槽：木槽。细酒：古代酒瓮酿成的酒，常由木槽导酒而出，称细酒。

⑥锦堂：装饰华丽的堂室。

⑦"拼却"句：此句意为舍弃一切再去喝扶头酒。拼（pàn）却，舍弃。扶头，即扶头酒，古代一种易使人醉的酒。唐代姚合有"沽酒自扶头"的诗句。

【鉴赏】

此为临川八景之一。先写园景："玉簪""金菊""烟柳"共同"酿出西园秀"，"露""烟""黄昏"透出从早到晚的一个时间过程。在这个过程中，是游人在园内"锦堂""拼却"一切地在喝扶头酒呢！因为园内秋景美、细酒好，所以要"畅风流"。这样，把园中金秋美景同陶醉其间的游人融为一体，景物、人物相映成趣，使读者如入其境。

小桃红　江岸水灯

盍西村

万家灯火闹春桥①，十里光相照，舞凤翔鸾势绝妙②。可怜宵③，波间涌出蓬莱岛④。香烟乱飘，笙歌喧闹，飞上玉楼腰⑤。

【注释】

①万家灯火：语本唐白居易《江楼夕望招客》诗"灯火万家城四畔，星河一道水中央"之句。

②"舞凤"句：此句意为，宛如飞翔舞动的凤灯、鸾灯，那姿势美妙极了。

③可怜：可爱。

④蓬莱岛：传说中的海中仙岛。这里借指水中的灯船。

⑤玉楼：传说中天上仙人所居之楼。这里指灯火通明的楼阁。

【鉴赏】

这也是歌咏临川八景之作，描写临川元宵节的水上灯船。"万家灯火""十里光"的勾勒，展示出空间的广大背景，渲染了色与光的交汇。岸上的"舞凤翔鸾"与水中的"蓬莱岛"相互映衬，动中取静，是元宵夜的高潮。"舞凤翔鸾"之形与"笙歌喧闹"之声会聚于"春桥"之点上，相得益彰。一个"闹"字，把人引向天上的"玉楼"，在虚幻般的境界中结束，留下想象的余味。

小桃红　客船夜期①

盍西村

绿云冉冉锁清湾②，香彻东西岸③。官课今年九分办④。厮追攀⑤，渡头买得新鱼雁。杯盘不干，欢欣无限，忘了大家难。

【注释】

①夜期：夜晚相邀聚会。有些刻本"夜期"作"晚烟"。

②绿云：浓荫的树叶。冉冉：下垂貌。宋贺铸《青玉案》词："碧云冉冉蘅皋暮。"

③彻：透。

④"官课"句：此句意为，官府的赋税已缴纳了九成。官课，官府的税收。九分办，已缴纳九成。办，具备、做成。

⑤厮：相互。追攀：本于三国魏王粲《七哀诗》："朋友相追攀。"

【鉴赏】

　　这支临川八景之一的小曲，描写赣江"清湾"一带船上人家的生活情景。"绿云""香彻"赣江的"东西岸"，从视觉和嗅觉上烘托环境的幽美。"官课"的"九分办"，才有了"买得新鱼雁""厮追攀"的活动和行为，这是写人事的轻松和喜悦。结句的"忘了大家难"，是相对于今年的"杯盘不干""欢欣无限"的暂时温饱中的作乐而言，则常年的艰辛和苦难就不言而喻了。暂时的"欢欣无限"和难得的"夜期"反衬出的是平日的"大家难"；而"杯盘不干"的欢欣场面就是为了忘却这萦绕缠身的"大家难"！

小桃红　杂咏

盍西村

　　杏花开后不曾晴①，败尽游人兴，红雪飞来满芳径②。问春莺，春莺无语风方定③。小蛮有情④，夜凉人静，唱彻醉翁亭⑤。

【注释】

①杏花开后：杏花在清明节前后盛开，此时正值北方小雨绵绵之际。古诗有"沾衣欲湿杏花雨"之说。

②红雪：泛指红色的落花。芳径：花间小路。

③方：已经。

④小蛮：唐代诗人白居易有侍女名小蛮。这里泛指婢女、歌女。

⑤"唱彻"句：此句意为歌声响遍了醉翁亭。彻：遍，满。醉翁亭：北宋欧阳修在滁州任太守期间，曾写有《醉翁亭记》，以名滁州山间的小亭。此处借指山间饮酒的小亭。

【鉴赏】

"杏花开后""败尽游人兴"，是因为"不曾晴"的春雨无情。它使"杏花"满径，使"春莺"无语，也使春风无情。"杏花"凋零如"红雪"的意象，在"色"和"形"相结合的描画中，隐含了人对春光逝去的淡淡惆怅。而"小蛮有情"的三句结尾，让多情忘却了无情。

沉醉东风①

关汉卿

伴夜月银筝凤闲②，暖东风绣被常悭③。信沉了鱼④，书绝了雁⑤，盼雕鞍万水千山⑥。本利对相思若不还⑦，则告与那能索债愁眉泪眼⑧。

【注释】

①沉醉东风：曲牌名。

②"伴夜月"句：此句意为，夜月下，只有银筝相伴，那琴头凤就如同我一样孤独。银筝，白色的秦筝。秦筝是一种弹拨乐器。凤闲，是说筝柱上排列的凤形的徽带闲置着。

③"暖东风"句：此句意为，春风送暖，绣花被子里经常缺少一个人。暖东风，东风送暖，指阳春季节。悭（qiān），缺少，空缺。

④信沉了鱼：古代有鱼传书信的说法。这里指书信太多而使鱼负重下沉。

⑤书绝了雁：古人有将书信系于雁足上借以传递书信的

做法。这里是说由于书信频繁传递，使大雁也不堪重负。

⑥雕鞍：刻画有文彩之马鞍。

⑦本利对：即对本利，加倍奉还本利。元代实行"羊羔利"，本息是按倍数计算，即按几何级数增长的。还：奉还，偿还。

⑧那能：哪能，怎么能。索债：讨债，这里是指讨还情债。

【鉴赏】

妇女独守空房怀念远行在外的丈夫本是一个写滥了的题材。关汉卿的这首小令把妇女的相思之苦喻作"本利对"一样的高利贷，进而发出"索债"的呼号，曲折地描写了妇女复杂的内心世界。作者关汉卿的这首小令的写作手法非常别致，想象很奇特。

碧玉箫①

关汉卿

盼断归期②，划损短金篦③。一搦腰围④，宽褪素罗衣⑤。知他是甚病疾？好教人没理会⑥。拣口儿食⑦，陡恁的无滋味⑧！医，越恁的难调理⑨。

【注释】

①碧玉箫：原为词牌名，曲牌沿用之。

②断：尽，煞。

③划损短金篦：此句意为，把金篦齿折断以记数，竟致折短了金篦。金篦，金子做的篦子，这里泛指精美的篦子。篦子是古代妇女用来梳头的用品，齿密。

④一搦：一握，一把。

⑤宽褪：宽松。形容人因消瘦，以至于衣服显得宽大不合体。

⑥没理会：不明白。

⑦拣口儿：挑选可口的食物。

⑧陡：突然，忽然。恁的：如此，这般。

⑨越：分外，特别。调理：调养，调护，治理。

【鉴赏】

用金篦计算归期，因"盼断归期"，以至于金篦也"划损"而"短"，可见"划"的次数之多，"盼"的时间之长。因归期的无望，而致使人消瘦，腰围仅剩"一搦"，罗衣变得宽大；而且尽"拣口儿食"，连可口的食物也没了滋味，直至医理也难调。这是一种多么难治的相思病啊！此曲在写作上的最大特点是层层深入，逐层加重，显得含义深沉。

沉醉东风

关汉卿

咫尺的天南地北①，霎时间月缺花飞②。手执着饯行杯③，眼搁着别离泪④。刚道得声"保重将息⑤"，痛煞煞教人舍不得⑥："好去者前程万里⑦。"

【注释】

①咫尺：不满一尺。咫，八寸。

②霎时间：一会儿，刹那间。月缺花飞：即月缺花残，喻美女之死，这里表示离别如同丧偶一样痛苦。唐温庭筠《和友人伤歌姬》诗："月缺花残莫怅然，花须终发月终圆。"

③饯行：置酒菜送别。

④搁着：这里指含着。别离泪：宋柳永《雨霖铃》："执手相看泪眼，竟无语凝噎。"

⑤将息：调养，休息。

⑥痛煞煞：非常痛苦。煞，程度副词，很、甚的意思。

⑦"好去"句：是对别离之人的嘱咐语。者，指示代词，指代"好去"的人。

【鉴赏】

小令截取"饯别"时的场面来写离情别绪。近在咫尺的欢宴"霎时间"就会天各南北，花好月圆的良宵马上面临有情人分别的"月缺花飞"，从空间和时间上刻画别离后的忧愁。含泪捧杯祝愿"保重将息"，尽管是一句极普通的应酬语，送别的女子已泣不成声，痛苦万分。而离别的迟缓只能加重离别双方更重的愁情。于是，女主人公又加上一句勉励的话语"好去者前程万里"。全曲在送行女子的宽慰寄语中戛然而止，含不尽之意。

四块玉　闲适二首①

关汉卿

旧酒没②，新醅泼③，老瓦瓮边笑呵呵④。共山僧野叟闲吟和⑤。他出一对鸡，我出一个鹅，闲快活。

南亩耕⑥，东山卧⑦，世态人情经历多。闲将往事思量过⑧。贤的是他，愚的是我，争什么？

【注释】

①四块玉：曲牌名。闲适：曲牌的题目。

②酘：同酘（dòu），酒再酿曰酘。

③新醅泼：新酒倒出来。醅，未经过滤的粗酒。泼，滤酒。

④老瓦盆：用了很长时间的装酒器具。

⑤山僧：山庙的僧人。野叟：村野的老人。吟和：吟诗唱和。

⑥南亩耕：此句意为，像晋朝陶渊明那样躬耕在南山。东晋诗人陶渊明《归田园居》诗："种豆南山下。"

⑦东山卧：此句意为像晋朝谢安那样"高卧东山"，隐居不出。晋人谢安曾隐居东山，后应桓温之请出任司马，官至宰相。"东山"也成了后世咏隐居的典故。东山，在今浙江上虞西南。

⑧思量：思索，想念。

【鉴赏】

这两首小令是关汉卿沉抑下僚、志不获展的生活写照，它表达了作者对闲适清静、无拘无束的闲散生活的自得自适，对世态炎凉、贤愚颠倒的社会现实的不满。

第一首写"闲快活"的田园生活：酒是自酿的，酒具是简陋的老瓦盆，酒食是大伙儿凑的，客人是山僧野叟，大家在一起吟诗唱和，笑呵呵，乐陶陶，真诚欢聚，无拘无束，平等相待，和睦友好。

这种对"闲适"自由生活的赞颂，正是对异族铁蹄统治下黑暗社会现实的愤懑与不满。第二首表白作者之所以向往闲适的隐逸生活，原因之一在于现实中的贤愚颠倒。作者先标举不愿为五斗米折腰的陶渊明和高卧东山屡征不起的谢安两位东晋隐士，指出产生这样的念头，是由于"世态人情经历多"。

那些"世态""人情"的"往事"，无非是争名于朝、争利于市、贤愚不分的社会现实。为此，作者以愚自居，发出了"争什么"的质问。

四块玉　别情①

关汉卿

　　自送别，心难舍②，一点相思几时绝？凭阑袖拂杨花雪③。溪又斜④，山又遮⑤，人去也！

【注释】

　　①别情：曲牌的题目，此句意为离别的情怀。
　　②舍：抛弃。
　　③凭阑：倚着栏杆。袖拂：用袖子拂去。杨花雪：指暮春时从柳树上落下的白色花絮。
　　④溪又斜：随溪水远望，溪流斜入视线。
　　⑤遮：遮挡。

【鉴赏】

　　写别离中的远望之景。"凭阑袖拂杨花雪"，把飘舞的柳絮也作为妨碍自己视线的有情之物，它使溪"斜"、山"遮"，原因就在于"人去也"。这种移情于物的写法更进一层地表露出离别之苦，读来隽永有味。

大德歌　秋①

关汉卿

　　风飘飘，雨潇潇，便做陈抟也睡不着②。懊恼伤怀抱③，扑簌簌泪点抛④。秋蝉儿噪罢寒蛩儿叫⑤，淅零零细雨打芭蕉⑥。

【注释】

　　①大德歌：曲牌名。秋：曲牌的题目。

　　②陈抟：五代宋初的道士，曾出家在西华山。相传他一睡百余日不醒，于长睡中得道。

　　③懊恼：烦恼，悔恨。

　　④扑簌簌：形容泪流不止的样子。抛：这里指洒泪不止。

　　⑤噪：鸣叫。蛩：蟋蟀。

　　⑥淅零零：形容小雨、细雨的声音。

【鉴赏】

以秋景写悲情是古代文人屡用的手法。这支曲子通过刻画秋之夜景来烘托闺怨之离情：一面是自然界的蝉噪、蛩叫和雨滴声，这是有声；一面是静夜中难以入眠的少妇止不住流下的泪水，这又是无声。那细微的有声持续不断地撩拨着少妇无声的心绪，引出女主人公无尽的愁思，愈显得这细小声响的喧闹、烦躁和无情。

一枝花　不伏老

关汉卿

我是个蒸不烂、煮不熟、捶不匾、炒不爆、响当当一粒铜豌豆①；恁子弟每谁教你钻入他锄不断、斫不下、解不开、顿不脱、慢腾腾千层锦套头②。我玩的是梁园月，饮的是东京酒，赏的是洛阳花，攀的是章台柳。③我也会围棋、会蹴鞠、会打围、会插科、会歌舞、会吹弹、会咽作、会吟诗、会双陆④。你便是落了我牙、歪了我嘴、瘸了我腿、折了我手，天赐与我这几般儿歹症候⑤，尚兀自不肯休⑥。则除是阎王亲自唤，神鬼自来勾，三魂归地府，七魄丧冥幽。⑦天那，那其间才不向烟花路儿上走⑧！

【注释】

①铜豌豆：比喻手段圆滑的人。这里形容元代妓院的老狎客。

②恁：你，您。子弟每：子弟们，指嫖客们。锦套头：迷人的圈套。

③梁园：即梁苑，在今河南开封东南，为汉梁孝王园圃。这里指汴京。东京：东汉都洛阳，时人称为东京，而称长安为西京。章台柳：指妓女。章台，在秦汉都城长安城西南，附近多妓院。

④蹴鞠（cù jū）：古代一种踢球的游戏。打围：打猎，这里喻嫖妓。插科：插科打诨。演剧时，掺入诙谐之语和滑稽动作，引人发笑。咽作：歌唱。双陆：古代一种下棋的游戏。

⑤歹症候：不好的病情、病象。

⑥兀自：还是。

⑦则除：除非。三魂：中医认为肝属东方木而藏魂，肺属西方金而藏魄，道家附会人有三魂七魄。地府：迷信说法，人死后，另有专管死人鬼魂的世界，叫地府。冥幽：指阴间，地下。

⑧烟花路：指勾栏妓院。烟花，妓女。

【鉴赏】

　　这是关汉卿《一枝花》套曲的尾曲，堪称关汉卿散曲的代表作。全曲由第一人称"我"出面，以最受封建正统思想贱视的社会下层妓院中风流浪子的面貌自我介绍、自我赏赏、自我调侃，从而塑造了一个封建正统思想的叛逆者形象。曲中以"铜豌豆"身份自诩，表面上是对沉湎于风月情场中的老狎客执迷不悟、坚毅不屈的"不伏老"态度的自我嘲讽，实际上是表达对封建统治阶级所讳言、所禁止的东西所采取的玩世不恭、愤世嫉俗的态度。在倚老卖老的姿态下，"我"又教导"子弟每"不要中了妓女们的"锦套头"。"我""玩""饮""赏""攀"的都是最好的东西，"我""会"各种技艺技巧。"我"这些"歹症候"的歪才是"天赐"的，即使以"落了我牙、歪了我嘴、瘸了我腿、折了我手"为代价，也"兀自不肯休"。作者故意夸张地描写自己在勾栏妓院中的浪漫生活，就是带着蔑视现实和传统的态度，向封建正统宣战，以此作为元代没有出路的下层知识分子对抗黑暗社会的一种形式；是以玩世的口吻抒发愤世的情愫，表现了不向封建统治阶级妥协的精神。其"不伏老"的精神，表现出不畏重压、不甘屈辱的刚强果毅、不屈不挠、无往不适的性格。曲中的"妓院"，代表了整个封建正统势力和黑暗的现实社会，而自己就是挑战这些力量的老枪。这支曲子大量运用排句，随心所欲地加入衬字，形成一种活泼、奔放的气势，语言尖辛豪辣，是元散曲中极具"当行本色"的作品。

庆东原①

白　朴

忘忧草②，含笑花③，劝君闻早冠宜挂④。那里也能言陆贾⑤？那里也良谋子牙⑥？那里也豪气张华⑦？千古是非心，一夕渔樵话。⑧

【注释】

①庆东原：曲牌名。

②忘忧草：即萱草。《本草纲目》称其嫩苗可食，"食之动风，令人昏然如醉"，故有忘忧草之名。

③含笑花：木兰科植物，花如兰花，开时常不满，像含笑的样子，故名含笑花。

④闻早：趁早，早些。冠宜挂：即挂冠。据《后汉书·

逢萌传》记载，王莽杀其子宇，逢萌听说后对友人说："三纲绝矣，不去祸将及人。"遂解冠挂东都城门，带着家属泛海到辽东去了。这里以挂冠借指辞去官职。

⑤陆贾：曾从汉高祖定天下，以善辩著名。

⑥良谋：好参谋。子牙：姜尚，字子牙。曾为周文王军师，伐纣灭殷商，建立西周王朝。

⑦张华：西晋人，晋武帝时拜为中书令。他力劝武帝伐吴。吴灭后，出为持节都督幽州诸军事。豪气指此。

⑧"千古"二句：此句意为，从古到今的是非曲直，都只是渔翁樵夫们晚上灯下的闲谈笑话。此句本于宋陈与义《临江仙》词："古今多少事，渔唱起三更。"

【鉴赏】

这首叹世之作，以"忘忧草""含笑花"两种植物起兴，劝人忘却忧愁，常含笑口，其前提是及早挂冠。接着，曲子以一个鼎足对仗，提及三个历史人物陆贾、姜子牙、张华，以反问的口气否定了这些历史上的谋士、功臣，从而否定现世的功名和事业。"千古是非心，一夕渔樵话"，感慨千古兴亡、是非曲直都成了渔夫樵夫们一夜闲话的谈资。

驻马听　舞①

白　朴

凤髻蟠空②，袅娜腰肢温更柔③。轻移莲步④，汉宫飞燕旧风流⑤。谩催鼍鼓品《梁州》⑥，鹧鸪飞起春罗袖⑦。锦缠头⑧，刘郎错认风前柳⑨。

【注释】

①驻马听：原为词牌名，曲牌沿用之。舞：曲牌的题目。

②"凤髻"句：此句意为，高高梳起的发髻像凤鸟在空中盘旋。凤髻，凤状的发式。

③袅娜：轻柔细长的样子。

④莲步：南朝齐东昏侯凿金为莲花贴于地，令潘妃行其上，曰："步步生莲花。"故后人称美女的脚步为莲步。

⑤飞燕：汉成帝的皇后赵飞燕，体态轻盈，善舞。风流：这里含有遗风尚存的意思。

⑥"谩催"句：大意是说，聊且敲响杂沓的鼍鼓，奏

响乐器，听一支《梁州曲》。谩，聊且。催，迫促。鼍（tuó）鼓，扬子鳄皮做的鼓。品，吹弄乐器。《梁州》，唐教坊乐曲名。

⑦ "鹧鸪飞起"句：此句意为，春罗衣袖上的鹧鸪图案似乎也随着舞蹈的动作飞动起来。春罗，丝织品的一种。

⑧锦：用彩色经、纬丝线织出各种图案花纹的丝织品。缠头：赏赐给歌舞伎等艺人的物品叫缠头。由于缠头一般都是丝织品，故称锦缠头。

⑨刘郎：东汉人刘晨上天台山采药，巧遇仙女，结为夫妻。这里指代为情郎。风前柳：这里指舞女轻柔的舞姿犹如随风摆拂的柳枝。

【鉴赏】

这首赋舞小令，从舞蹈的动态美着笔，描写了舞女的装束、衣着、体态，伴和着急促杂沓的音乐节奏，以至于多情的"刘郎"在给他所钟情的舞女送锦缠头时，竟认错了人。

寄生草 饮①

白 朴

长醉后方何碍②？不醒时有甚思？糟腌两个功名字③，醅淹千古兴亡事④，曲埋万丈虹霓志⑤。不达时皆笑屈原非⑥，但知音尽说陶潜是⑦。

【注释】

①寄生草：曲牌名。饮：曲牌的题目。

②方：将。碍：妨碍。

③"糟腌"句：意思是说，"功名"两字如同酒糟被酒腌。糟，以酒或酒糟渍物叫糟。腌（yān），用盐浸渍食物，这里指用酒渍物。

④醅（pēi）：未滤之酒。淹：浸泡。

⑤曲埋：用酒曲淹埋。虹霓志：凌云壮志。

⑥不达时：失意的时候。屈原：战国时楚国政治家。初辅佐楚怀王，做过左徒、三间大夫。因遭谗害去职，楚顷襄王时被放逐。屈原忧国忧民，表现了对国事的深切怀念和为

811

理想而献身的精神。秦兵攻破楚国都郢后，自沉汨罗江。

⑦但：只有。陶潜：陶渊明，东晋诗人。他曾任彭泽县令。郡上派督邮来督察，县吏自应束带去拜见。陶渊明不愿卑躬屈膝去迎接，说："我岂能为五斗米折腰向乡里小儿?"当即离职归隐。五斗米，指微薄的俸禄。

【鉴赏】

以酿酒的名词"醉""腌""酷""曲"等字来写"饮"的题目，而刻意对沉溺于酒的描写，反衬出作者对功名、兴亡、壮志的追求受到了压抑。最后得出的结论是："但知音尽说陶潜是。"字里行间透露出对现实的极度不满。

沉醉东风　渔夫①

白　朴

黄芦岸白蘋渡口②，绿杨堤红蓼滩头③。虽无刎颈交④，却有忘机友⑤，点秋江白鹭沙鸥⑥。傲杀人间万户侯⑦，不识字烟波钓叟⑧。

【注释】

①沉醉东风：曲牌名。渔夫：曲牌的题目。

②黄芦：即芦苇，成熟时茎叶呈黄色。白蘋：一种生长
在浅水中的植物，开小白花。

③"绿杨堤"句：化用宋赵长卿《夜行船》词中的
"红蓼坡头，绿杨堤外"之句。蓼，一种生长在水边的野
草，秋天开穗状红花，叶呈红绿色，所以称红蓼。

④刎颈交：以性命相许、生死相交的朋友。

⑤忘机友：彼此间不存戒心、无所顾忌的朋友。

⑥点：装点。白鹭沙鸥：两种水鸟，彼此和谐相处。

⑦"傲杀"句：变用唐胡曾《赠渔者》诗中"不愧人
间万户侯"之句。杀，同"煞"，表示程度之深。万户侯，
食邑万户的诸侯，这里借指大官。

⑧烟波钓叟：唐张志和隐于江湖，自号烟波钓徒。这里
泛指打鱼人。烟波，指浩渺的水面。钓叟，钓鱼的老翁。

【鉴赏】

这首小令是白朴的代表作之一。白朴幼年经历了蒙古灭
金的变故，家人失散，跟随父亲的朋友元好问逃出汴京，受
到元好问的教导。蒙古统治者对汉人知识分子的高压政策和
元好问不仕元朝的气节，深深影响着白朴的政治态度。这支

曲子刻意以工丽的对仗描绘渔夫生活的环境：那"黄芦""白蘋""绿杨""红蓼"四种水乡植物，配以"岸边""渡口""堤上""滩头"的场景，就是一幅景象鲜艳的江南水乡图。渔夫与人无争，所以，他也与毫无机巧之心的"忘机友"为伍——它们就是装点秋江的"白鹭""沙鸥"。结句"傲杀万户侯"的"烟波钓叟"，是作者心目中的理想形象，饱含着作者蔑视功名富贵、歌颂隐逸生活的理想追求。

一半儿　题情①

白　朴

　　云鬟雾鬓胜堆鸦②，浅露金莲簌绛纱③，不比等闲墙外花④。骂你个俏冤家⑤，一半儿难当一半儿耍⑥！

【注释】

①一半儿：曲牌名。题情：曲牌的题目。

②云鬟：指妇女鬟发如云。堆鸦：密堆起来的乌鸦羽毛，借以形容妇女头发的浓密和黑亮。

③簌：象声词，这里指绛纱裙抖动的声音。绛纱：绛色

的纱裙。

④等闲：寻常。墙外花：这里指野花。

⑤冤家：元代相爱男女对另一方亲昵的称呼。

⑥"一半儿难当"句：此句意为，一半儿是语言刻薄，让你难堪，一半儿是在和你戏耍。难当，难堪，挖苦。耍，戏弄。"一半儿……一半儿……"是《一半儿》曲牌的固定句式，用于结尾。

【鉴赏】

首二句从头到脚描写了令少年怦然心动的"俏冤家"，但对方可不是令人随意攀折的"墙外花"。少年只好咽下这吃不到葡萄的酸口水，骂语中含有"一半儿难当一半儿耍"的意思以自慰。

醉中天　佳人脸上黑痣①

白　朴

疑是杨妃在②，怎脱马嵬灾③？曾与明皇捧砚来④，美脸风流杀⑤。叵奈挥毫李白⑥，觑着娇态⑦，洒松烟点破桃腮⑧。

【注释】

①醉中天：曲牌名。佳人脸上黑痣：曲牌的题目。

②杨妃：即杨贵妃，唐玄宗李隆基的妃子，名叫杨玉环。唐玄宗因宠信杨贵妃及其兄杨国忠，引发了"安史之乱"。

③马嵬灾：马嵬即马嵬坡，在今陕西兴平西。"安史之乱"时，唐玄宗携杨贵妃从京城长安仓促出逃，行至马嵬坡，三军不发。为平息兵谏，唐玄宗迫不得已赐杨贵妃自缢于此。

④"曾与明皇"句：这句是说，杨贵妃曾因李白醉酒，不得不代唐明皇（玄宗）为李白捧砚作诗。故下文有"叵奈挥毫李白"之句。

⑤风流杀：风流极了。杀，同"煞"，表示程度之深。

⑥叵奈：无奈，可恨。

⑦觑：看。

⑧"洒松烟"句：此句意为，把墨汁洒在美人绯红色的脸上，在美人粉面上留下这一点黑痣。松烟，古代用以制墨的原料，这里指墨汁。桃腮，指美女的脸。唐人崔护清明日到都城南郊游，口渴，走到一农家求水，看到农家少女貌美。第二年清明日，崔护再去这个农家，不见该少女。崔护遂题诗，有"人面桃花相映红"之句。后世诗文常以桃花

直比美女的脸。

【鉴赏】

由传说中的贵妃捧砚、李白挥毫的故事展开联想，说李白沉醉于观赏杨贵妃的美色，竟致把墨汁滴在杨贵妃的脸上，并由此生成佳人脸上的黑痣。构思奇特，联想丰富，读来妙趣横生。

沉醉东风[①]

胡祗遹

渔得鱼心满愿足，樵得樵眼笑眉舒[②]。一个罢了钓竿，一个收了斤斧，林泉下偶然相遇，是两个不识字渔樵大夫[③]。他俩个笑加加的谈今论古[④]。

【注释】

①沉醉东风：曲牌名。

②樵得樵：打柴的人有了木柴。第一个"樵"字指樵夫，第二个"樵"字指木柴。得，有，这里指砍到。

③不识字：这里有不必识字的意思。

④笑加加：即笑呵呵，指大声笑。

【鉴赏】

两个靠钓竿、斤斧"得鱼""得樵"的"渔樵大夫"在林泉下偶然相遇，他们毫无顾忌、自由自在地谈今论古。以此反衬出官场的尔虞我诈、蝇营狗苟，表达出作者对世事险恶的厌恶之情。

太常引①

奥敦周卿

西湖烟水茫茫，百顷风潭②，十里荷香。宜雨宜晴，宜西施淡抹浓妆。③尾尾相衔画舫④，尽欢声无日不笙簧⑤。春暖花香，岁稔时康⑥。真乃"上有天堂，下有苏杭"。

【注释】

①太常引：原为词牌名，曲牌沿用之。

②百顷风潭：唐杜甫《陪郑广文游何将军山林》诗：

"百顷风潭上，千章夏木清。"顷，土地面积单位，即一百亩。百顷，泛言面积之大。潭，水深之处。风潭，这里指风吹的湖面。

③"宜雨宜晴"二句：化用宋苏轼《饮湖上初晴后雨》"水光潋滟晴方好，山色空蒙雨亦奇。欲把西湖比西子，淡妆浓抹总相宜"的诗句。西施，春秋战国时越国的美女。淡抹浓妆，指淡妆或浓妆的打扮。

④衔：衔接。画舫：即画船，指舱室上雕刻有精美图案的船。

⑤笙簧：本指有簧片的管乐器，这里泛指歌舞弹唱。

⑥岁稔：丰收年。稔，庄稼成熟。时康：时世太平，安乐富庶。

【鉴赏】

"上有天堂，下有苏杭"是唐代以来就流行的谚语。这支曲子写在杭州西湖的游乐。先从视觉上写出西湖"百顷"的烟水风潭，再从嗅觉上写"十里"的荷香，继而从意觉上以拟人手法将西湖比作美女西施，以上均为环境烘托。接着表现西湖水面上的人事欢乐：在"春暖花香，岁稔时康"的时节，荡起"画舫"，尽"欢声""笙簧"，使湖光山色与歌舞笙簧交相辉映。

小桃红

王 恽

采菱人语隔秋烟，波静如横练①。入手风光莫流转②，共留连。画船一笑春风面③。江山信美，终非吾土④，问何日是归年⑤？

【注释】

①"波静"句：南朝齐谢朓《晚登三山还望京邑》诗有"澄江静如练"之句。练：白绸子。

②入手：到手，得手。流转：流失。

③"画船"句：此句意为，精美的游船上绽开一张张采菱少女的笑脸。此句从唐杜甫《咏怀古迹五首》"画图省识春风面"诗句化出。

④江山信美：从三国魏王粲《登楼赋》"虽信美而非吾土兮"的句子化出。信，确实。

⑤"问何日"句：此句化用唐杜甫《绝句二首》"今春看又过，何日是归年"的诗句。

【鉴赏】

这首描绘江南水乡风光人情之乐景与怀念北国故土之哀情相结合的小令，以化用前人的诗句为主框架，构筑成一支思乡曲。乐景衬哀情，是为反衬手法，表达出更为浓烈深沉的情感：风光旖旎妩媚的江南水乡环境触动的是更加强烈的旅思和乡愁，表达出"江山信美，终非吾土"的主题。

凭栏人 寄征衣①

姚 燧

欲寄君衣君不还，不寄君衣君又寒。寄与不寄间，妾身千万难②。

【注释】

①凭栏人：曲牌名。寄征衣：曲牌的题目。征衣，远征在外之人的御寒衣服。

②妾：古代妇女对自己的谦称。

【鉴赏】

　　以缝洗寄送征衣为题表达思念征夫的诗词作品，代不乏作。此首小令着笔于思妇"寄"与"不寄"之间的矛盾心理刻画，细腻而生动地表达出思妇对丈夫的深切思念。另外，语言的浅白平易也是此作的特点之一。

阳春曲①

姚　燧

　　笔头风月时时过②，眼底儿曹渐渐多③。有人问我事如何④？人海阔，无日不风波⑤。

【注释】

　　①阳春曲：即"喜春来"曲牌。

　　②笔头风月：指靠文墨写作打发岁月。宋吕居仁有"好诗正似佳风月"的诗句。

　　③儿曹：孩子们。

　　④事：此处指官场中的事和立身处世的事。

⑤风波：风浪。《庄子》有"我之谓风波之民"的说法，喻动荡不定。这里指纠纷或患难。

【鉴赏】

这是一首为宦的经验之谈，吟诗作赋和儿孙满堂似乎是人生乐事，但作者笔锋陡转，"人海阔，无日不风波"，道出人事纠缠不胜其烦的郁闷。与唐刘禹锡《竹枝词》中"长恨人心不如水，等闲平地起波澜"同一机杼。

喜春来

张弘范

金妆宝剑藏龙口①，玉带②红绒挂虎头③，绿杨影里骤④骅骝⑤。得志秋⑥，名满凤凰楼⑦。

【注释】

①"金妆"句：此句意为黄金装饰的龙泉宝剑装在剑匣里。金妆，用黄金做装饰，这里泛指装饰精美。龙口，剑口。龙是指古代的名剑龙泉剑，这里泛指精美的宝剑。

②玉带：玉饰的腰带。

③虎头：虎头金牌。元代皇帝颁给文武官员佩带，以显示身份，并可相机行事。

④骤：奔驰。

⑤骅骝：传说中周穆王的八骏马之一。这里泛指良马。

⑥得志秋：得志的岁月。秋，这里指岁月。

⑦凤凰楼：对宫内楼阁的美称，这里代指朝廷。

【鉴赏】

据元叶子奇《草木子》记载，伯颜丞相和张弘范在一次宴席上各赋一首《喜春来》，这是张弘范的唱和之作。

"剑藏""骤骅骝"，有刀枪入库、马放南山、战事已经结束的意思。

虎头金牌高挂，显示特权的"得志"；"名满凤凰楼"，表现的是志得意满的境界，透露出他喜形于色的少年得志之态。

醉中天　咏大蝴蝶①

王和卿

挣破庄周梦②，两翅驾东风，三百座名园一采一个空。谁道风流种③？唬杀寻芳的蜜蜂④。轻轻扇动，把卖花人扇过桥东。⑤

【注释】

①醉中天：曲牌名。咏大蝴蝶：曲牌的题目。据元陶宗仪《南村辍耕录》："大名王和卿，滑稽佻达，传播四方。中统初，燕市有一蝴蝶，其大异常，王赋《醉中天》小令云……由是其名益著。"

②"挣破"句：此句意为蝴蝶从庄周的幻梦中挣脱出来。挣破，一作"弹破"，原指用手指弄破，这里有挣脱出来的意思。庄周梦，《庄子·齐物论》说，庄周曾经梦见自己化成一只蝴蝶，栩栩然飞动，觉得很得意。一会儿醒来，仍然是一个庄周。不知是庄周在梦里化成了蝴蝶呢，还是蝴蝶在梦里化成了庄周。

③风流种：多情的货色。

④唬杀：吓怕。杀，同"煞"，有极、很的意思。

⑤"轻轻"二句：从宋谢逸《蝴蝶》"相逐卖花人过桥"诗句化出。

【鉴赏】

大蝴蝶从庄周梦境中挣脱出来，把京城的"三百座名园一采一个空"，吓怕了寻芳采花的蜜蜂，还把卖花人从桥西扇到了桥东。可见，这只大蝴蝶是一个横行市井、霸占民女的"权豪势要""花花太岁"的化身。

一半儿① 题情二首

王和卿

鸦翎般水鬓似刀裁②，小颗颗芙蓉花额儿窄③。待不梳妆怕娘左猜④。不免插金钗⑤，一半儿蓬松一半儿歪。

别来宽褪缕金衣⑥，粉悴烟憔减玉肌⑦。泪点儿只除衫袖知⑧。盼佳期⑨，一半儿才干一半儿湿。

【注释】

①一半儿：曲牌名。此调的末句格式必用"一半儿……一半儿……"句式。

②鸦翎：乌鸦的羽毛。水鬓：形容女子湿润发亮的鬓发。

③"小颗颗"句：此句意为，荷花般的朵朵刘海遮住额头，显得额头更窄小。

④待：拟，打算。左猜：起疑心。

⑤不免：不尽力，勉强。

⑥"别来"句：此句意为，自别后因思念而消瘦，脱掉那显得宽大的金缕衣。褪，宽衣，卸衣。缕金衣，即金缕衣，金丝织成的衣服。这里指极精美的衣服。

⑦粉悴烟憔：烟粉憔悴，这里指懒于梳妆打扮、涂脂抹粉。烟，烟肢，即胭脂。

⑧只除：只有。

⑨佳期：指男女幽会的时刻。

【鉴赏】

这是两首题写相思之情的小令。第一首小令以蓬松偏乱的头发和脸上堆积的脂粉来衬托相思少女的疏于打扮。

第二首小令直以湿透袖衫的泪水来烘托希望重逢的心

情，而对"佳期"的回味，又使袖衫上这一处泪水刚干，那一处又被泪水浸湿。

两支曲子的特点都在于用焦点透视和白描手法进行铺陈渲染，而不像诗词那样借重自然风物作为比兴。这也是诗词重含蓄婉曲、曲重直白利落的区别。

沉醉东风　秋景①

卢　挚

挂绝壁松枯倒倚②，落残霞孤鹜齐飞③。四围不尽山，一望无穷水，散西风满天秋意④。夜静云帆月影低⑤，载我在潇湘画里⑥。

【注释】

①沉醉东风：曲牌名。秋景：曲牌的题目。写秋天的景色。

②"挂绝壁"句：化用唐李白《蜀道难》中的"枯松倒挂倚绝壁"诗句，是说松枝倒挂在陡峭的崖壁上。倚，依傍。

③"落残霞"句：变用唐王勃《滕王阁序》中"落霞与孤鹜齐飞"的句子，大意是说晚霞随飞逝的野鸭逐渐褪去。鹜（wù），野鸭。

④散：散布。西风：秋风。

⑤云帆：白帆多如云。

⑥"载我"句：从唐杜甫《即事》中"飞阁卷帘图画里，虚无只少对潇湘"的诗句化出。宋人宋迪以潇湘风景画平远山水八幅，当时称为潇湘八景。潇湘：泛指湘江，这里指代今湖南一带。

【鉴赏】

此曲作于卢挚出任湖南岭北道肃政廉访使任上，犹如描绘了一幅潇湘秋光图。首句的枯松挂壁的山是"四围不尽山"，次句的落霞孤鹜的水是"一望无穷水"。"散西风满天秋意"，"西风"本无形，"秋意"亦无迹，但感秋而生愁是文人墨客心中对萧瑟悲凉的"秋"所产生的意象，既有物境又有心境。结二句写夜水，实际上是作者夜宿水上的画面。"云帆月影"的画面富有诗意般的意境。

沉醉东风　重九①

卢　挚

题红叶清流御沟②，赏黄花人醉歌楼。天长雁影稀，月落山容瘦，冷清清暮秋时候。衰柳寒蝉一片愁，谁肯教白衣送酒③？

【注释】

①重九：曲牌的题目，指农历的九月初九，即重阳节。

②题红叶：这是唐代的一个典故，说的是唐代皇宫里有一宫女，因不耐宫中寂寞，把诗题在红色的枫叶上，投入御沟。枫叶随水流出皇宫后，为一士子拾得。后来二人终于结为佳偶。御沟：皇宫禁苑的水沟。

③谁肯教白衣送酒：东晋陶渊明曾于重阳节在宅旁摘菊，刺史王弘派白衣人（指没有官职的人）来送酒，陶渊明当即乘兴饮之，大醉而归。这里借此发问：谁愿给我送酒来？

【鉴赏】

小令题写重阳节。首二句是对过去重阳节佳事的回顾：红叶题诗觅佳偶，醉卧歌楼赏黄花。中三句即景描写，是一派"冷清清暮秋时候"。结二句发感慨：正在悲秋时，一声寒蝉的鸣叫触动了自己的愁情。想借酒浇愁吧，可又有谁还会给我送酒来呢？

节节高　题洞庭鹿角庙壁①

卢　挚

雨晴云散，满江明月；风微浪息，扁舟一叶②。半夜心③，三生梦，万里别，闷倚篷窗睡些。④

【注释】

①节节高：曲牌名。题洞庭鹿角庙壁：曲牌的题目。鹿角庙，在今湖南岳阳南二十五公里的洞庭湖滨。

②扁舟：小船。

③半夜心：深夜的心绪。

④三生：佛教语，指前生、今生、来生。唐代僧人圆观临死时，与友人李源相约，十二年后在杭州天竺寺三生石上重见。十二年后李源到寺前，一牧童唱道："三生石上旧精魂，赏月吟风不要论。惭愧情人远相访，此身虽异性长存。"万里：唐刘长卿《谪仙怨》有"白云千里万里"，指思念白云下的亲人。篷窗：船篷的窗户。睡些：睡一会儿。些，这里用作量词，一些，一会儿。

【鉴赏】

前四句写景：八百里洞庭一望无垠的湖面，都笼罩在明月的光华下。夜风习习，波平浪静，湖面上泊着一叶扁舟。

后四句抒情：半夜时分油然而生的离愁别恨，与友人遥遥相隔不可相见的梦境，和家人分别万里的阻隔，种种复杂的感情一齐涌上心头。愁绪千端，不可排解和缓释，只好斜倚在篷窗上，希望能小睡片刻。此曲最大的特点是对比，是以景物的平静对比作者内心的激烈动荡，从而加深了小曲所蕴含的感情容量，表达了人生的深沉感受。

金字经　宿邯郸驿①

卢　挚

梦中邯郸道②，又来走这遭③。须不是山人索价高④。时自嘲，虚名无处逃。谁惊觉⑤，晓霜侵鬓毛⑥。

【注释】

①金字经：曲牌名。宿邯郸驿：曲牌的题目。驿，驿站，供朝廷传送文书、转运官物和官员往来的车马休息的地方。

②邯郸道：据唐沈既济写的传奇小说《枕中记》记载，书生卢生路至邯郸，自叹人生坎坷，求教于道者吕翁。吕赐卢生一枕，称枕之能使他荣华富贵。卢生因枕入梦，梦中果然享尽荣华富贵。醒来时，店家为他准备的黄粱饭还没有煮熟。因此，邯郸梦又叫"黄粱梦"。此处是指荣华富贵如梦。

③这遭：这一趟。

④须：应。山人：这里指隐居之士。

⑤惊觉：惊醒了梦。

⑥晓霜：早晨的露水。

【鉴赏】

卢挚四十多年的仕宦生涯，从任皇帝的侍从之臣开始，多年历任按察使、廉访使、路总管、翰林学士等要职。

写这首《金字经》小曲时，大约在他第二次就任燕南河北道提刑按察使时，已经六十多岁了。

这支小曲写他夜宿邯郸驿舍的感触：开篇点出又一次走在邯郸道上，这里是卢生做黄粱梦的地方，卢生领悟到的是穷通得失和富贵荣华都不过是一场梦的道理。

卢挚感悟到的是，以往自己的仕宦生涯也不过是一场梦。然而，对于追逐功名的士子来说就是为了"虚名"，哪怕获得的是梦中的满足。

在这一点上，连自己也难免"惊觉"：到了"晓霜侵鬓毛"的这把年纪，还在为功名而奔波劳碌，这可真让人不免要"自嘲"了。

落梅风　别珠帘秀^①

卢　挚

才欢悦，早间别，痛煞俺好难割舍。^②画船儿载将春去也^③！空留下半江明月^④。

【注释】

①落梅风：原为词牌名，曲牌沿用之。又名《寿阳曲》。别珠帘秀：曲牌的题目。珠帘秀是元代著名的杂剧女艺人。

②早间别：已是离别的时间。早，已是，本是。间，顷刻。

③"画船"句：宋俞国宝《风入松》词："画船载取春归去。"

④半江明月：明月西偏，空照半江水。这里指残夜。

【鉴赏】

这首写离愁别恨的小令，抓住话别前的一段短促的时间段，抒发黯然销魂的离别情愫：前三句纯用铺陈手法，不假思索、不假雕饰地表达了对女艺人即将离去的难以割舍之情。一句"痛煞"的表白，快语痴情，感情显得真实、强烈而深刻。后两句写人去后，孤独的自己与江心的明月无声相伴，画船带走的是春的秀色、春的温暖、春的生机与活力。这时"痛煞俺好难割舍"的送别之人，在空虚寂寞、凄凉惆怅的心境中，必然会产生"恨不随大江东去"的念头来！

黑漆弩①

卢 挚

晚泊采石，醉歌田不伐《黑漆弩》，因次其韵，寄蒋长卿金司、刘芜湖巨川②

湘南长忆崧南住③，只怕失约了巢父④。舣归舟唤醒湖光⑤，听我篷窗春雨。故人倾倒襟期⑥，我亦载愁东去⑦。记朝来黯别江滨⑧，又弭棹蛾眉晚处。⑨

【注释】

①黑漆弩：曲牌名。

②泊：停船。采石：指采石矶，又名牛渚矶，在今安徽马鞍山长江的东岸。田不伐：宋代大晟府乐令田为，字不伐。据序言，《黑漆弩》曲最早为他所作，今已不传。这是卢挚所和之作。次其韵：依原作的原韵或韵序所和之诗、词或曲。佥司：官名。

③崧南：指嵩山之南，相传古代隐士常隐居于此。

④巢父：传说中的古代隐士，山居，以树为巢而居其上，故曰巢父。相传尧以天下让巢父，巢父不受。尧又以天下让给另一隐士许由，许由逃到了嵩山之南的颍水边。尧又召许由为九牧长，许由认为污染了自己的耳朵，洗耳于颍水。巢父认为许由不在高山深谷隐居，是假隐士，因而也弄脏了颍水，遂牵牛避开许由洗耳的地方，到上游给牛饮水。"失约了巢父"即含此典故。

⑤舣：船靠岸。

⑥故人：老朋友。倾倒：畅所欲言。襟期：怀抱，胸怀。

⑦亦：已经。

⑧黯别：伤心分别。南朝梁江淹《别赋》："黯然销魂者，唯别而已矣。"江滨：江边。江淹《别赋》："舟凝滞于水滨。"

⑨"又弭棹"句：此句意为，且把船儿停泊在美人居住的地方。弭，平息，停止。弭棹，停船。

【鉴赏】

这支小曲当为作者晚年从湖南按察使迁江东道廉访使任上旅途中的寄人之作。首二句叙述自己"长忆"高士、隐者的生活，只怕"失约"了他们。这是暗喻自己仰慕的友人蒋长卿、刘巨川都是巢父一般的贤人。中间四句写自己乘舟来赴会，一路上的"湖光""春雨"；筵席上，"故人倾倒""我亦载愁"，这饯别之聚终将散去，我还要继续孤独地"载愁东去"。结二句抒发感慨：这旅途中的朝别晚骓，消磨了自己的岁月，使自己有了"美人迟暮"的感受，还不知今夜泊舟何处。

黑漆弩 村居遣兴二首①

刘敏中

高巾阔领深村住②，不识我唤作伧父③。掩白沙翠竹柴门，听彻秋来夜雨④。闲将得失思量，往事水流东去。便直教画却凌烟⑤，甚是功名了处⑥？

吾庐恰近江鸥住⑦，更几个好事农父。对青山枕上诗成，一阵沙头风雨⑧。酒旗只隔横塘⑨，自过小桥沽去。尽疏狂不怕人嫌⑩，是我生平喜处。

【注释】

①黑漆弩：曲牌名。村居遣兴二首：曲牌的题目。遣兴，排遣兴致。

②高巾：指隐士所戴的高冠长巾。

③伧父：粗野俗气的男子。

④彻：遍。

⑤便：纵，虽。直：即使。却：语助词，用于动词之后，无义。凌烟：凌烟阁。古时封建王朝为表彰功臣而建的高阁，绘有功臣图像。

⑥甚：什么。了：完结。

⑦吾庐：东晋陶渊明《读山海经》诗有"众鸟欣有托，吾亦爱吾庐"的诗句。庐，简陋的屋舍。江鸥：江上沙鸥，性情温和。

⑧沙头：河中沙洲。

⑨横塘：地名，古代诗文中常见之。在今江苏南京西南，一说在今江苏苏州市吴中区西南。

⑩尽：任由。疏狂：狂放不羁。

【鉴赏】

　　刘敏中曾官拜监察御史，在任上曾弹劾过当时的权相桑哥，遭桑哥的报复打击，遂辞官归里。这是刘敏中罢官后所作，写归隐后的村居生活。

　　第一首小令前四句写"村居"，后四句写"遣兴"。"高巾"挂冠甘居"深村"，掩闭"柴门"，"听彻""秋雨"，自然并非汲汲于功名、碌碌于官爵的"伧父"所为。

　　但在"得失思量"过后，回忆那些专权弄法、搜刮民脂、卖官纳贿、贤愚颠倒却能列于凌烟阁的小人的"往事"，加深了作者对"功名"的再认识。第二首小令直以去官后与无机心的江鸥为伴、对青山赋诗、过小桥沽酒、交好事农父、沐沙头风雨之事为乐，一任率性"尽疏狂"，是对"生平喜处"的隐居生活的抒怀。

山坡羊　叹世①

陈草庵

　　晨鸡初叫，昏鸦争噪。那个不去红尘闹②？路遥遥③，水迢迢，功名尽在长安道④。今日少年明日老。山，依旧好；人，憔悴了！

【注释】

①山坡羊：曲牌名。叹世：曲牌的题目，此句意为慨叹世事。

②红尘：佛道等家称人世为红尘。这里指名利场。

③迢迢：遥远。

④长安道：代指通往京城的道路，即求取功名的道路。长安，今陕西西安，是多个封建王朝定都的地方。

【鉴赏】

这首小令嘲讽追逐功名之徒。他们像"晨鸡""昏鸦"一样，在功名场中趋之若鹜、争噪不休，从早忙到晚。他们的求官之路如"路遥遥"，如"水迢迢"，以空间之辽远，喻抽象人事之渺茫。今日还是"少年"，明日却已老去。"山，依旧好"，是说大自然的永恒与美好；"人，憔悴了"，规劝追逐功名的人们，莫虚度了自己的青春年华，失去了自己的人格和本性。元代自延祐（1314—1320）年间开科取士，直到元末（1368），五十余年间开科十六次，取士人数仅占文官总人数的百分之四。汉人要想入仕，尤其困难。何况官场上的仕途险不可测。面对这种黑暗的社会现实，出路何在？显然，遁世隐逸是明智的选择。这是"叹世"的主旨所在。

水仙子 和卢疏斋西湖①

马致远

春风骄马五陵儿②，暖日西湖三月时，管弦触水莺花市③。不知音不到此，宜歌宜酒宜诗④。山过雨颦眉黛⑤，柳拖烟堆鬓丝⑥，可喜杀睡足的西施⑦。

【注释】

①水仙子：曲牌名。又名《湘妃怨》《凌波仙》《凌波曲》《冯夷曲》。和卢疏斋西湖：曲牌的题目。卢疏斋，卢挚，号疏斋，有《水仙子·西湖》四首。这是马致远写的和曲。

②骄：骄恣放纵。五陵儿：五陵的富家子弟。五陵，建在咸阳北坡汉代的五个皇帝的陵墓，即长陵、安陵、阳陵、茂陵和平陵。汉朝皇帝每立陵墓，都把四方富家豪族和外戚迁至陵墓附近居住。后世诗文常以五陵泛指豪门贵族聚居

842

之地。

③"管弦触水"句：此句意为，管弦乐器演奏出的动人乐曲贴着水面传到那灯红酒绿的妓院里。莺花市，妓院。

④"宜歌"句：宋辛弃疾《西江月·示儿曹，以家事付之》有"宜醉宜游宜睡"之句。

⑤"山过"句：此句意为，山雨过后，远处的青山就像西湖美女皱起黛眉一样。颦，皱眉。黛，青绿色。

⑥"柳拖"句：此句意为，柳枝依托着湖水烟云，像美女头上的鬟发。

⑦"可喜杀"句：此句意为，像酣睡的西施美人那样可爱极了。可喜，元代俗语"可可喜喜"的缩语，可爱的意思。杀，同"煞"，极，很。西施，宋代文学家苏轼曾把西湖比作春秋时越国的美女西施，说它"淡妆浓抹总相宜"。

【鉴赏】

卢挚（疏斋）曾邀马致远、刘时中等人以《水仙子·西湖四时渔歌》为题，限韵填小令。这是马致远四首和曲中的第一首，写的是西湖春景。前五句以游人的放马、歌舞、饮酒、作诗衬托美景配乐事。后三句直接描摹西湖的山色、柳烟，把西湖比作恹恹睡不醒的西施，照应了宋代大文学家苏轼描写西湖的名句："欲把西湖比西子，淡妆浓抹总相宜。"

拨不断^①

马致远

叹寒儒^②，谩读书^③，读书须索题桥柱^④。题柱虽乘驷马车^⑤，乘车谁买《长门赋》^⑥？且看了长安回去！

【注释】

①拨不断：曲牌名。

②寒儒：贫寒的书生。

③谩：枉然，徒然。

④"读书"句：此句意为，读书就应该去寻找能够题词的桥柱。须索，应当，必须。题桥柱，西汉文学家司马相如从四川到都城长安求取功名，途经成都升仙桥时题词："不乘高车驷马，不过此桥。"这里指博取高官厚禄，衣锦还乡。

⑤虽：本，须。驷马车：四匹马拉的车，古代达官显贵所乘。

⑥"乘车"句：此句意为，虽然乘上驷马车，谁又来

买你写的《长门赋》呢？《长门赋》：司马相如为汉武帝的陈皇后失宠后所作之赋。相传汉武帝读《长门赋》后受到感动，又恢复了对陈皇后的宠幸。

【鉴赏】

这支曲子反映出马致远迷惘矛盾的心理状态。马致远曾一度热衷功名，但经过一段挫折后转而向往归隐。在功名和归隐之间，作者得到了两点启示：一是读书就应去博取功名，但这又是艰辛的，往往也是徒劳的；二是即使得到了功名，谁还能够再去赏识才华，才华又有什么用呢？有鉴于此，作者发出"回去"的慨叹：远离追逐功名的喧嚣都市，到山水田园中去归隐。

拨不断 叹世①

马致远

菊花开，正归来。伴虎溪僧②、鹤林友③、龙山客④；似杜工部⑤、陶渊明⑥、李太白⑦；有洞庭柑⑧、东阳酒⑨、西湖蟹⑩。哎，楚三闾休怪⑪！

【注释】

①叹世：曲牌的题目。

②虎溪僧：庐山虎溪东林寺的和尚。晋时，该寺高僧慧远有一次与陶渊明、道士陆静修一边谈话一边走路。当越过寺前的虎溪时，引起虎的大吼，三人遂大笑分别。这里借虎溪典故指代知心的僧人。

③鹤林友：鹤林寺的友人。传说仙人殷天祥在镇江黄鹤山下做道士时，应故人周宝之请，使鹤林寺的杜鹃花在重阳节非时而开。这里泛指知己的道士。

④龙山客：本指东晋陶渊明的外祖父孟嘉。相传有一年重阳节，孟嘉随征西大将军桓温在龙山宴请宾客，一阵大风忽然吹落了他的帽子，而孟嘉却泰然处之，仍与客人从容交谈。这里指关系亲近的亲戚。

⑤杜工部：唐代大诗人杜甫，曾做过工部员外郎的官，后人称之为杜工部。

⑥陶渊明：东晋著名诗人，名潜，字渊明。他曾出仕，任小官。后因"不为五斗米折腰"，归居田园。

⑦李太白：唐代大诗人李白，字太白，因不愿"摧眉折腰事权贵"而以诗酒寄情于山水之间。

⑧洞庭柑：江苏太湖中有东、西洞庭二山，所产柑子，以色鲜味美闻名于世。这里泛指美味之柑。

⑨东阳酒：即金华酒。宋元以来，浙江金华地区属东阳郡，以酒著名。这里泛指美酒。

⑩西湖蟹：杭州西湖所产螃蟹，个大，体肥，肉美。这里泛指美味之蟹。

⑪楚三闾：指战国时楚国的屈原，他曾做过楚国的三闾大夫。

【鉴赏】

曲的题目是"叹世"，却写的是自己和亲人、知己、名士在吟诗、品酒、享受美食。作者在以洒脱明快的笔调写出自己归隐生活的闲适、自由、狂放、酣畅的同时，不着一字地反衬了世事的污浊和龌龊。这鲜明的对照，连忧国忧民的屈原你也不要见怪，谁叫你不能退而全身呢！

拨不断

马致远

布衣中①，问英雄。王图霸业成何用②？禾黍高低六代宫，楸梧远近千家冢。③一场恶梦！

【注释】

①布衣：指平民百姓。

②王图霸业：成王之宏图，称霸之伟业。

③"禾黍高低"二句：是说六代王朝皇宫的废墟上都长满高高低低的庄稼，多少官宦人家的坟墓上远远近近地长满了楸树和梧树。禾黍，《诗经·黍离》小序中说，东周初年有周大夫行役过宗庙宫室之地，看着到处长着禾黍，感伤王都颠覆，因作《黍离》诗。这里泛指谷类庄稼。六代宫，指曾在金陵（今江苏南京）建都的吴、东晋、宋、齐、梁、陈六个朝代。唐许浑《金陵怀古》诗有"松楸远近千官冢，禾黍高低六代宫"的诗句，为二句所本。

【鉴赏】

唐代诗人许浑《金陵怀古》诗的名句"松楸远近千官冢，禾黍高低六代宫"，是以南朝六代古都金陵的宫室废墟和官宦坟墓景象，来抒发前朝的兴废存亡之感。

马致远用这两句诗句入曲，览古凭吊，由景及情，意在说明江山依旧而人事已非。

南朝宋齐梁陈四代开国之君都起于"布衣"，他们都是以微贱身份登上皇帝宝座成为"英雄"的，但这些王霸事业在马致远的眼中没有什么用，到头来都还是"一场恶梦"！

拨不断

马致远

酒杯深，故人心，相逢且莫推辞饮，君若歌时我慢斟。屈原清死由他恁^①，醉和醒争甚^②？

【注释】

①屈原请死：战国时，楚国的屈原被流放在洞庭湖时，因忧思沉郁，身形枯槁。一天，一个渔夫问他为何这样，屈原回答说："举世皆浊我独清，众人皆醉我独醒。"渔夫劝他随遇而安。屈原表示，自己宁愿葬于鱼腹之中，也矢志不改。清死，为坚持清白节操而死。恁，如此，这样。

②争：差，差别。

【鉴赏】

与友相逢，饮酒度日，不要像屈原那样觉得"众人皆醉我独醒"而去"清死"。这支劝酒曲，是作者不满现实又无力改变现状的一种愤懑情绪的宣泄。

拨不断

马致远

立峰峦，脱簪冠①，夕阳倒影松阴乱②。太液澄虚月影宽③，海风汗漫云霞断④。醉眠时小童休唤。

【注释】

①簪冠：玉簪和冠帽。簪，插冠的长针。

②"夕阳倒影"句：此句意为，太阳落山，余晖在松林中显得斑驳陆离。

③"太液澄虚"句：此句意为，月亮的影子映入澄清广阔的池水中。太液：原指汉武帝宫中水池，这里泛指池水。

④"海风汗漫"句：此句意为，风把辽阔水面上的云霞吹尽。汗漫，辽阔，漫无边际。断，尽。

【鉴赏】

　　马致远虽经宦海沉浮，但有二十多年过着漂泊的生活。所以，他有着较丰富的生活体验和较复杂的思想感受。这首小令抒发了马致远的隐逸情怀。作者选取的是"夕阳倒影"至"太液""月影"一个时间段，事由是"醉眠"。醉之前，是"夕阳"中的"立峰峦""脱簪冠"，动作疏狂而放浪，在大自然的怀抱中连象征官位权势的"簪冠"也被抛在了一边。眠时，是"澄虚月影""云霞断"的清幽环境，再嘱咐一声"小童休唤"，则陶醉于自然中是多么惬意！

落梅风

马致远

　　心间事，说与他，动不动早言两罢①。"罢"字儿碜可可你道是耍②，我心里怕那不怕？

【注释】

　　①"动不动"句：意思是，动不动就说："咱俩吹了

吧。"早，本来，已经。罢，指抛弃，分手。

②碜可可：的的确确，实实在在。耍：戏弄，玩耍。

【鉴赏】

以少女的口吻，抓住生活中的一个细节描写，写出少女对爱的执着和对负心人的斥责。语言浅近直白，与女主人公的斩钉截铁性格相吻合。

落梅风

马致远

人初静，月正明。纱窗外玉梅斜映①。梅花笑人偏弄影②，月沉时一般孤零③。

【注释】

①玉梅：形容洁白如玉的梅花。

②"梅花笑人"句：此句意为，梅花故意摇动自己的枝影，像对着孤独的人在发笑。偏，故意。

③一般：一样。

852

【鉴赏】

此写闺中人面对纱窗外月下的梅花。"梅花笑人偏弄影"，赋予梅花以人的情感，并且"弄影"成双而讽笑闺中人的孤零；闺中人则对梅花回敬"月沉时一般孤零"。构思新奇，用笔迂曲。月下人、梅的相互嘲弄、数落，正透出人的孤单寂寞，映衬出深夜深闺人难以入眠的事实。

落梅风

马致远

蔷薇露，荷叶雨，菊花霜冷香庭户①。梅梢月斜人影孤②，恨薄情四时辜负③。

【注释】

①香庭户：指妇女的闺房。

②"梅梢月斜"句：此句意为，西偏的月牙儿挂在梅花树梢上，树下一个人孤零零地在徘徊。

③"恨薄情"句：此句意为，气恨那薄情的冤家，辜

负了我四季的大好时光。

【鉴赏】

这首小令摹写了四时的花的景象，但景为情设，景中有情：观蔷薇凝露，听雨打荷叶，感霜冷菊花，看月照梅梢，为什么一年四季总是"人影孤"？真恼恨那薄情的冤家让我辜负了青春的年华。从恨中透出了爱的深沉。

落梅风

马致远

因他害①，染病疾，相识每劝咱是好意②。相识若知咱就里③，和相识也一般憔悴④！

【注释】

①因他害：因为想他而害起相思。

②相识每：相识们。每，们。

③就里：内情。

④和：连，同。一般：一样。

【鉴赏】

　　先说少女自己因他而"害"，这是一层；因"害"而
"染病疾"，又进一层；"相识"们劝咱，又转一层；"相识"
们若知内情，也一样会相思憔悴，更进一层。女主人公设想
"和相识也一般憔悴"，表白众人的理解和劝慰也难以减轻
自己相思之情的深重和难以自拔，从中可以感受到女主人公
对对方的执着追求和倾心爱慕。

小桃红　春①

马致远

　　画堂春暖绣帏重②，宝篆香微动③。此外虚名要何用？
醉乡中，东风唤醒梨花梦④。主人爱客，寻常迎送⑤，鹦鹉
在金笼⑥。

【注释】

　　①小桃红：曲牌名。春：曲牌的题目。
　　②画堂：汉代未央宫内绘有画饰的殿堂。这里泛指讲

究、华丽的堂屋。绣帏，锦绣制作的帐幕。

③宝篆（zhuàn）：珍贵的香炉。

④梨花梦：梨花开放于暮春，虽呈一时繁华，但接近于败落时期。所以，"梨花梦"在这里指富贵繁华易逝的春梦。

⑤"主人爱客"二句：此句意为，主人爱惜他门下的食客，常常为他们迎来送往。寻常，常常，往往。

⑥"鹦鹉"句：此句意为，如同学舌的鹦鹉被关在金笼里。

【鉴赏】

这支曲子原题《四公子宅·赋春》。四公子指的是战国时期的孟尝君、春申君、平原君和信陵君，他们家中各养食客数千人。

曲虽以赋体摹写四公子府第繁华的春日景况，但"鹦鹉在金笼"的感觉，既是门下食客的写照，也流露出作者追求人身自由的思想。

金字经

马致远

夜来西风里，九天雕鹗飞。①困煞中原一布衣②。悲，故人知未知？登楼意③，恨无上天梯！

【注释】

①"夜来"二句：此句意为，晚上伫立在秋风中，望着雕鹗在长空里嘹亮高飞。雕鹗，雕和鹗都是猛禽，能高飞。

②困煞：窘困极了。中原一布衣：中原地带一个平民百姓，这里是作者自称。

③登楼意：汉魏时期的文学家王粲，因避董卓之乱，投奔荆州刺史刘表，未被重用。王粲遂起怀念故乡之思，在当阳城楼作《登楼赋》，抒发怀才不遇的情怀。赋中有"冀王道之一平兮，假高衢而骋力"之句，表示希望凭借帝王的力量，一展自己的才华。这里是借王粲之典故，怅恨无人引荐。

【鉴赏】

　　这支曲子抒发登临中的天涯沦落之感。"夜来"又是"西风"中的登临，可知困厄之苦。看到九天的"雕鹗"，又激起自己一展抱负的雄心。然身为"布衣"又处"困煞"中，故只能是无可奈何的"悲"。想到汉魏时王粲的登楼还有《登楼赋》留世，自己却怀才不遇，不能借"故人"之力，登上"上天梯"。字里行间，流露出作者激愤抗争的情怀。

折桂令　叹世①

马致远

　　咸阳百二山河②，两字"功名"，几阵干戈。项废东吴③，刘兴西蜀④，梦说南柯⑤。韩信功兀的般证果⑥，蒯通言那里是风魔⑦。成也萧何，败也萧何⑧；醉了由他！

【注释】

　　①折桂令：曲牌名。又名《蟾宫曲》。叹世：曲牌的

题目。

②"咸阳"句：此句意为，咸阳具有二人抵挡百人的固若金汤的山河地势。咸阳，秦时国都所在地，即今陕西咸阳内。百二山河，语出《史记·高祖本纪》，指的是二人可以抵挡百人的山河关塞。

③项废东吴：秦末农民战争中，项羽和其叔父项梁杀会稽郡守。当时会稽郡治所在吴（今江苏苏州市吴中区），处在咸阳的东南方位，所以称东吴。

④刘兴西蜀：刘邦依西蜀之地而兴建汉王朝。秦末刘邦被封为汉王，以汉中和巴蜀为根据地，与项羽进行了数年的楚汉战争，最后战胜项羽，建立了刘汉王朝。

⑤梦说南柯：指一切都像南柯一梦。南柯梦也称黄粱梦、邯郸梦，见卢挚《金字经·宿邯郸驿》注。

⑥"韩信功"句：此句意为，功勋卓著的韩信竟落得个如此般的报应（被斩）。韩信，汉刘邦的大将，在楚汉战争中战功赫赫。后被吕后设计所杀。兀的般，如此，这般。证果，用佛教语，这里指结果、下场的意思。

⑦"蒯通"句：此句意为，蒯通的辩才怎么能成为疯魔。蒯通，汉初以辩才出名。他在楚汉战争中曾力劝韩信反汉自立为王，韩信不听。韩信被杀后，蒯通虽装疯魔以避祸，但仍被刘邦所杀。

⑧萧何：汉初丞相。当初曾为刘邦举荐韩信，后来吕后

谋杀韩信时，用的又是萧何的计谋。所以，有"成也萧何，败也萧何"的说法。

【鉴赏】

以胪列历史上的事件来吊古凭今，鞭挞了翻手为云、覆手为雨的人情世故，感叹世事的反常与无常，表达出作者深切的人生体会。这其中有愤激，也有抗争，更有悲哀。念及此，不由得发出"醉了由他"的慨叹！

庆东原　叹世①

马致远

明月闲旌旆②，秋风助鼓鼙③，帐前滴尽英雄泪。楚歌四起④，乌骓漫嘶⑤，虞美人兮⑥！不如醉还醒，醒还醉。

【注释】

①庆东原：曲牌名。叹世：曲牌的题目。

②旌旆（pèi）：旌旗。旆，旗帜的通称。

③鼓鼙：即鼙鼓，作战时用的战鼓。

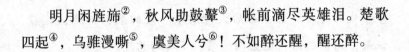

860

④楚歌四起：楚汉战争中，刘邦的军队将项羽围在垓下。刘邦让战士们在四面高唱楚地歌曲，以瓦解楚军的军心。

⑤乌骓（zhuī）：项羽所骑的骏马名。漫嘶：空自嘶叫。

⑥虞美人兮：指项羽的宠姬虞姬。项羽和虞姬在垓下被围困时，项羽看到自己已无力回天，遂歌道："力拔山兮气盖世，时不利兮骓不逝；骓不逝兮可奈何，虞兮虞兮奈若何？"虞姬遂自刎于项羽前。

【鉴赏】

前六句集中描写了历史上楚汉战争中项羽垓下被围、全军覆没前的景象。在对这一历史事件的铺陈中突然笔锋一转，由咏史陡然转入叹世，发出"不如醉还醒，醒还醉"的感叹，读来回味无穷。

清江引 野兴二首①

马致远

樵夫觉来山月底②，钓叟来寻觅③。你把柴斧抛，我把渔船弃。寻取个稳便处闲坐地④。

绿蓑衣紫罗袍谁是主⑤，两件儿都无济⑥。便作钓鱼人，也在风波里。则不如寻个稳便处闲坐地。

【注释】

①清江引：曲牌名。野兴二首：曲牌的题目。野兴，村野的兴致。

②觉来：醒来。底：里。

③钓叟：钓鱼的老汉。寻觅：寻找。

④稳便处：稳妥方便的地方。闲坐地：闲坐着。地，结构助词，相当于"着"。

⑤绿蓑衣：这里指渔翁或隐士。紫罗袍：指达官贵人。主：主宰。

⑥无济：无用，无益。

【鉴赏】

这两首小令，表达的是隐逸情怀。第一支曲子写钓叟寻樵夫，二人夜不归家，忘情坐地，与林泉明月相对。这种忘情物外的心志情思正是作者所向往的。第二支曲子劈头就说"绿蓑衣紫罗袍谁是主"，把打鱼的和做官的并列在一起，说他们为了眼前的利益在"风波"中奔忙，所以，"两件儿都无济"。这个"绿蓑衣"并不是"独钓寒江雪"的真隐士,而是沽名钓誉的假隐士,是在险恶的政治"风波"中操劳奔忙的人。因而,既劳心又劳力,不如寻找个远离世间红尘的稳妥方便的地方闲坐着。表达了作者悠闲自适的隐逸情怀。

清江引　野兴二首

马致远

　　林泉隐居谁到此? 有客清风至①。会作山中相②,不管人间事。争甚么半张名利纸③!

　　西村日长人事少④,一个新蝉噪。恰待葵花开⑤,又早蜂儿闹⑥。高枕上梦随蝶去了⑦!

【注释】

　　①"有客"句:谓只有清风像客人一样来到。

　　②"会作"句:谓应做一个山中宰相。会,当,应。山中相,南朝时陶弘景隐居茅山,梁武帝多次请他出山为

863

仕，他都拒绝了。后来，武帝每有大事，就去山中向陶请教，时人称陶为"山中相"。后世以此借指隐士。

③名利纸：指功名簿。

④西村：指隐居躬耕的地方。

⑤恰：正。待：打算，等。葵花：向日葵。

⑥早：正是，已是。

⑦梦随蝶去：指庄周梦中幻化为蝴蝶的故事。见前王和卿《醉中天·咏大蝴蝶》注。

【鉴赏】

马致远曾自称"东篱（马致远号东篱）本是风月主，晚节园林趣"，这两首小令也秉承这一思想。第一首小令以"山中相"陶弘景为标榜：这是一个"不管人间事"的"山中相"，是一个不为物所累的自由身，他的邻居是"林泉"，他的客人是"清风"，他所能主宰的也只有自己的身心和山间的草木。但这些已经足够了，比起世人蝇营狗苟于"半张名利纸"，这是对人生深刻反思后大彻大悟所得到的结论。第二首小令直接抒写村野生活的自在快活：隐居躬耕的"西村"日长事少，只有动物和植物的喧闹，那是"蝉噪""葵花开""蜂儿闹"的景象。沉醉于这样的环境中，高枕无忧，只能是"梦随蝶去了"。

四块玉　恬退①

马致远

酒旋沽②，鱼新买。满眼云山画图开，清风明月还诗债③。本是个懒散人，又无甚经济才④。归去来⑤！

【注释】

①四块玉：曲牌名。恬退：曲牌的题目，指安然退居。

②旋沽：刚买下。旋，即，就。

③"清风明月"句：此句意为，徐徐的清风和澄净的明月，是来偿还应写而未写的诗债的。清风明月，《南史·谢譓传》："有时独醉曰：'入吾室者，但有清风；对吾饮者，唯当明月。'"诗债，应写而未写的诗，有如负债，故称诗债。唐司空图《白菊杂书》诗："此生只是偿诗债，白菊开时最不眠。"

④经济才：经世济民、安邦治国的才华。

⑤归去来：东晋陶渊明《归去来兮辞》有"归去来兮"的句子。归去，指归隐。来，与"去"为同义反复。

【鉴赏】

这首小令标示"恬退",即描写坦然面对退职后的生活:满眼如画的云山,清风明月来做伴,沽酒、鲜鱼、吟诗,一幅恬静惬意的图景。

然而论及"归去"的原因,作者自嘲为"本是个懒散人,又无甚经济才",在反说中表达了作者"退"而不"恬"的心境。

四块玉　叹世四首

马致远

两鬓皤①,中年过。图甚区区苦张罗②?人间宠辱都参破③。种春风二顷田,远红尘千丈波,倒大来闲快活④!

带野花,携村酒。烦恼如何到心头。谁能跃马常食肉⑤?二顷田,一具牛,饱后休。

佐国心⑥,拿云手⑦。命里无时莫刚求⑧,随时过遣休生受⑨。几叶绵，一片绸，暖后休。

带月行，披星走。⑩孤馆寒食故乡秋⑪，妻儿胖了咱消
瘦。枕上忧，马上愁，死后休。

【注释】

①皤：白。

②区区：忙碌，驰驱。

③参破：佛教用语，看破的意思。

④倒大来：到头来。

⑤跃马、食肉：战国时燕人蔡泽在表示自己的志趣时曾
说："跃马疾驱，……食肉富贵，四十三年足矣！"后世以
此借喻富贵得志。

⑥佐：辅佐。

⑦拿云手："拿"同"挐"。挐云手指志向凌云、本领
超人的能手。

⑧时：时机，时运。刚求：强求。

⑨"随时过遣"句：此句意为，顺应时势，过着平常
生活，不要受苦。随时，顺应时势。过遣，家常生活。生
受，受苦。

⑩带：映照，覆盖。披星：星辰覆盖在天。

⑪"孤馆寒食"句：此句意为，一生奔波在外住在驿

馆，从春忙到秋。孤馆，远离村舍的驿馆。寒食，节令名，在清明节的前一两天。

【鉴赏】

"叹世"即慨叹世事。这几支"叹世"的曲子，表达了作者经历二十年的宦海浮沉后，对人间荣辱、得失、是非的淡然，力图从宁静恬退的隐逸生活中求得精神上的满足和解脱。

第一首是说中年后经历了"苦张罗"，方才"参破"了"人间宠辱"，要远离人间"红尘"，不再驰驱忙碌，而去经营"春风二顷田"，倒也"闲快活"。

第二首说"烦恼"是由于"跃马""食肉"，要以"二顷田，一具牛，饱后休"的野花、村酒生活为满足。

第三首指出要顺应时势，过平常生活就不会受苦。不要"刚求""佐国心""拿云手"，能求得一暖也就够了。第四首回顾了一生中披星戴月的奔波和"孤馆"异乡的漂泊，换得的却仍是"枕上忧，马上愁"，那"死后休"的一声沉重的慨叹，是对忙碌一生的命运的总结，也是思想上彻底解脱的归宿。

四块玉　天台路①

马致远

采药童②，乘鸾客③，怨感刘郎下天台④。春风再到人何在？桃花又不见开。命薄的穷秀才，谁教你回去来⑤？

【注释】

①天台路：曲牌的题目。天台山在今浙江天台北。传说东汉人阮肇、刘晨二人采药至天台山，遇众仙女相邀。后来二人分别与仙女结为夫妻。半年后，二人回到故乡，故乡历经沧桑，人事全非。二人重返天台山，昔日的一切都荡然无存了。

②采药童：采药的童子。

③乘鸾客：乘鸾鸟成仙的人，这里指刘晨由"采药童"变为"乘鸾客"。鸾，传说中的一种与凤同类的仙鸟。传说春秋时，萧史娶秦穆公女儿弄玉为妻，萧史教弄玉吹箫，引来凤鸟，二人乘凤成仙。乘鸾与乘凤同义，指成仙。

④怨感：悲伤地感到。刘郎：这里指刘晨。

⑤回去来：偏义词，回去的意思。"回去来"的用法同"归去来"。

【鉴赏】

东汉刘晨、阮肇入天台山采药遇二仙女结为夫妇的神话传说，反映了人们对无君无臣、没有压迫的桃花源式境界的向往。这支曲子借天台故事抒发感慨："刘郎"没能在和平美满的天台仙境生活，回到了凄凉陌生的人间，实在是弃明就暗之举，是"命薄的穷秀才"。"人何在"的诘问，继之以"谁叫你回去来"的责难，既是对刘郎下天台之举的否定，也流露出作者对现实的不满和为逃避现实而对神仙生活的向往。

四块玉　马嵬坡①

马致远

睡海棠②，春将晚，恨不得明皇掌中看③。《霓裳》便是中原患④。不因这玉环，引起那禄山⑤，怎知蜀道难⑥？

【注释】

①马嵬坡：曲牌的题目。马嵬坡是"安史之乱"中唐玄宗赐杨贵妃自缢的地方，在今陕西兴平。见前白朴《醉中天·佳人脸上黑痣》注。

②睡海棠：形容杨贵妃的娇艳妩媚。宋人乐史《太真外传》载，有一次唐玄宗召见杨贵妃，正遇她醉酒，被搀扶而来。玄宗见状笑着说："岂是妃子醉，真海棠睡未足耳。"

③明皇：唐玄宗李隆基。掌中看：当作掌上明珠看待。

④"《霓裳》"句：杨贵妃的《霓裳》舞曲是导致"安史之乱"的祸因。霓裳，指《霓裳羽衣》曲和舞。相传杨贵妃在宫中亲自舞《霓裳羽衣》舞。唐诗人白居易《长恨歌》有"渔阳鼙鼓动地来，惊破《霓裳羽衣》曲"之句。中原患，指"安史之乱"。

⑤玉环：杨玉环，即杨贵妃。禄山：安禄山，原为渔阳节度使。天宝末年，他与史思明共同发动叛乱，史称"安史之乱"。

⑥蜀道难：谓去蜀地的路艰险难行。"安史之乱"中，唐玄宗李隆基经川陕栈道逃往四川，历尽艰难险阻，故称"蜀道难"。

【鉴赏】

马致远的这首小令没有像唐白居易《长恨歌》那样来歌颂李隆基（唐玄宗）与杨玉环的爱情故事，而是表露了"美人祸水"的陈腐观点。但结尾三句笔锋陡转，说唐玄宗经历"安史之乱"仓皇逃往蜀地的流离生活，才会明白世路艰辛的道理。小令借古讽今的主旨跃然纸上。

四块玉　洞庭湖①

马致远

画不成，西施女，他本倾城却倾吴②。高哉范蠡乘舟去③，那里是泛舟五湖？若纶竿不钓鱼④，便索他学楚大夫⑤。

【注释】

①洞庭湖：曲牌的题目。这里是太湖的别名。

②"他本倾城"句：此句意为，西施本有倾城的美貌却使吴国覆亡。倾吴，指西施被越国范蠡献给吴王夫差后，

夫差沉湎于西施的美色，不理朝政，导致终被越国所灭。

③"高哉范蠡（lǐ）"句：此句意为，高明啊，范蠡！你在大功告成后，驾舟泛五湖，保全了性命和自由。范蠡，春秋时越国的大夫，帮助越王勾践"卧薪尝胆"，终于灭吴复国。灭吴后，他又感到勾践只可同患难不可同富贵，遂"乘舟泛海以外，终不返"。

④纶竿：以纶为线的钓竿。纶，钓丝。

⑤便索：便就，就得。楚大夫：原指战国时的屈原，曾任楚国左徒、三闾大夫，爱国直谏，受谗被逐，投江而死，人称楚大夫。这里指与范蠡一起辅佐越王的大臣文种。但文种没有像范蠡那样功成身退，结果被勾践赐剑自刎。这里，把文种的下场和屈原的结局相提并论，以反衬范蠡的高明。

【鉴赏】

这首小令咏史。在所列的三个历史人物西施、范蠡、文种中，通过越国灭吴国后他们的不同结局，盛赞了范蠡的急流勇退，携西施"泛五湖"，哀叹了文种与楚大夫屈原相同的悲剧下场。

四块玉　临邛市^①

马致远

美貌娘^②，名家子^③，自驾着个私奔坐车儿。汉相如便做文章士^④，爱他那一操儿琴^⑤，共他那两句儿诗。也有改嫁时^⑥。

【注释】

①临邛市：曲牌的题目。临邛市在今四川邛崃，汉代司马相如妻卓文君的故乡。

②娘：指年轻妇女。这里指卓文君。《全元曲》中"娘"作"才"。

③名家子：卓文君原为临邛世袭豪富卓王孙的女儿，故说她是"名家子"。

④相如：汉代著名辞赋家司马相如。便：虽，纵。文章士：文辞写作的行家。

⑤一操：即一支琴曲。操，琴曲。相传司马相如善弹琴，他遇到新寡的卓文君时弹了一曲《凤求凰》，以表达自

874

己的倾慕之情。琴声打动了卓文君，文君又爱慕司马相如的才华，二人遂相爱。后遭文君之父卓王孙的反对，卓文君与司马相如私奔而去。

⑥有：有意。改嫁：指卓文君寡居后又嫁给司马相如。时：语气词，相当于"啊"。

【鉴赏】

卓文君私奔司马相如，使她成了有叛逆思想性格的女性典型。这首小令歌颂了卓文君与司马相如的爱情和敢于反传统的思想性格；指出卓文君改嫁司马相如的真正原因是"爱他那一操儿琴，共他那两句儿诗"；对传统观念中的"一女不嫁二男"做了抨击，肯定了卓文君追求爱情的"也有改嫁时"的举动。

天净沙　秋思①

马致远

枯藤老树昏鸦②，小桥流水人家，古道西风瘦马③。夕阳西下，断肠人在天涯④。

【注释】

①天净沙：曲牌名。秋思：曲牌的题目，此句意为秋的愁思。

②昏鸦：黄昏时归巢的乌鸦。

③"古道"句：宋翟汝文《咏鬼门关》诗："西风古道悲羸马。"

④断肠人：因悲伤到极点而觉肝肠寸断的人。汉魏时的曹操《蒿里行》诗有"生民百遗一，念之断人肠"之句。

【鉴赏】

这是元人散曲小令中的名篇，当时就被人推为"秋思之祖"。小令写秋日傍晚旅途中的羁旅之情。前三句是三组九个特征鲜明、色彩和谐、动静结合、时空共铸的深秋景物，即"枯藤""老树""昏鸦""古道""西风""瘦马""小桥""流水""人家"九种景象，作者将它们绘画似的集于尺幅之中，然后又加上一抹落日的余晖，创造出一种萧瑟、苍凉的意境。在悲秋景象的铺垫下，一句"断肠人在天涯"的结语，顿觉景为情设，情由景发，使情景交融、物我混一的艺术特点凸现出来；同时，也烘托出游子沦落天涯的怅惘、悲苦的心境。

山坡羊　春睡①

王实甫

云松螺髻②，香温鸳被③，掩春闺一觉伤春睡④。柳花飞⑤，小琼姬⑥，一片声："雪下呈祥瑞⑦。"把团圆梦儿生唤起⑧。"谁，不做美？呸，却是你！"

【注释】

①山坡羊：曲牌名。春睡：曲牌的题目。

②云松螺髻：蓬松如云样的田螺状发髻。

③鸳被：绣有鸳鸯图案的棉被。

④"掩春闺"句：此句意为，关闭上闺阁的门，一觉进入春梦中，睡得是那么深沉。掩，关闭。伤，甚，多。

⑤柳花：柳絮。

⑥琼姬：原指战国时吴王夫差的女儿。这里泛指小丫头。

⑦雪下呈祥瑞：即"瑞雪兆丰年"之意。

⑧团圆梦：指夫妻团圆的美梦。生：偏偏，硬是。

【鉴赏】

小丫鬟对柳絮如雪的一句无意间的惊叫声,却把女主人公的春梦惊醒,遭到女主人公的呵责。这首小令运用叙事和描写的手法,勾勒出人物的情态,写得颇具生活气息。

十二月带过尧民歌　别情①

王实甫

自别后遥山隐隐②,更那堪远水粼粼③。见杨柳飞绵滚滚④,对桃花醉脸醺醺。透内阁香风阵阵⑤,掩重门暮雨纷纷。　　怕黄昏忽地又黄昏⑥,不销魂怎地不销魂⑦。新啼痕压旧啼痕⑧,断肠人忆断肠人⑨。今春,香肌瘦几分,缕带宽三寸⑩。

【注释】

①十二月带过尧民歌:"十二月""尧民歌"都是曲牌名称,但不能单独使用,常连缀一起成为带过曲。带过曲是散曲的体式之一。它是由两支或三支曲牌连缀,构成一种小

型的组曲，是介于小令和套数之间的一种特殊体式。别情：这是带过曲的题目。写离别的情怀。

②遥山：远山。隐隐：指苍茫、看不清的样子。

③更：又。那堪：兼之。粼粼：水清澈的样子。

④飞绵：飞絮。

⑤透内阁：指香气透入闺房。

⑥忽地：忽然。

⑦销魂：魂魄消散，形容极度伤情。怎地：怎样，怎么。

⑧啼痕：泪水的痕迹。

⑨断肠：形容极度伤痛或思念。

⑩缕带：丝织的腰带。

【鉴赏】

这首小令写妇女别情，写得缠绵幽怨。在写法上，以句法奇巧见称。前片的六句为《十二月》曲子，采用的是叠字对仗的方法，如"遥山隐隐"对"远水粼粼"，"飞绵滚滚"对"醉脸醺醺"，"香风阵阵"对"暮雨纷纷"，而六句的句式又皆成对仗，组成所谓的"连珠对"。后片为《尧民歌》曲子，首四句使用折腰式的连环句法，即"黄昏"对"黄昏"，"销魂"对"销魂"，"啼痕"对"啼痕"，"断肠人"对"断肠人"。这种叠字对仗和折腰连环的句法运用，很好地表现了女主人公缠绵曲折的复杂心理。

普天乐①

滕 斌

　　叹光阴②，如流水。区区终日③，枉用心机。辞是非，绝名利，④笔砚诗书为活计⑤。乐齑盐稚子山妻⑥。茅舍数间，田园二顷，归去来兮！

【注释】

　　①普天乐：曲牌名。

　　②叹光阴：感叹时光。

　　③区区：忙碌，驰驱。

　　④辞：告别，离开。绝：断。

　　⑤活计：生计，生活。

　　⑥"乐齑盐"句：此句意为，以和孩子、老婆在一起吃咸菜为乐。齑（jī）盐，用盐腌制的酱菜一类的食品。稚子，幼子。山妻，自称其妻的谦词。

【鉴赏】

此作表现了作者愿过以"笔砚诗书"为生、以"稚子山妻"为乐的归隐生活，表达了"辞是非""绝名利"的反世俗态度，结句表示要以陶渊明为榜样，辞官归隐。

叨叨令　道情①

邓玉宾

一个空皮囊包裹着千重气②，一个干骷髅顶戴着十分罪③。为儿女使尽了托刀计④，为家私费尽了担山力⑤。您省的也么哥⑥，您省的也么哥。这一个长生道理何人会⑦？

【注释】

①叨叨令：曲牌名。道情：曲牌的题目，此句意为彷徨于道的情怀。

②空皮囊：皮袋子。这里指人的身体。汉代王充《论衡·无形篇》："人以气为寿，气犹粟米，形犹囊也。"宋刘克庄《寓言》诗有"臭皮袋死尚贪痴"的句子。

③"一个干骷髅"句：《庄子·至乐》记载，庄子看见路边有一个空骷髅，便问他："是因亡国之事、斧钺之诛而死，还是因行为不善、怕给父母妻子丢脸而死？是死于冻馁之患，还是死于寿数已终？"当夜，骷髅托梦给庄子，说庄子所举诸条，皆是"生人之累""人间之劳"，这些人间的忧患只有一死才能解脱。骷髅：骨头架子。顶戴，侍奉。罪，惩罚。

④托刀计：指佯装失败，托刀而走，诱敌追赶，再杀回马枪。这里指狠毒的手段。

⑤担山力：形容用尽全力。

⑥省：省悟，清醒。也么哥：语助词，无义。

⑦长生道理：指出家修道求长生。会，领会，懂得。

【鉴赏】

这首小令连用"空皮囊""干骷髅""托刀计""担山力"四个比喻来发牢骚，对读书人艰辛的生活表示不满。结句点出"道情"的主旨：只有摒弃贪欲，保持内心的恬静淡泊，才是真正的长生之道。这个出家修道求长生的道理谁能懂得呢？

雁儿落带过得胜令 闲适①

邓玉宾

乾坤一转丸②，日月双飞箭③。浮生梦一场④，世事云千变。 万里玉门关⑤，七里钓鱼滩⑥。晓日长安近⑦，秋风蜀道难⑧。休干⑨，误杀英雄汉。看看，星星两鬓斑。

【注释】

①雁儿落带过得胜令："雁儿落""得胜令"都是曲牌名，连缀在一起成为带过曲。闲适：休闲自适。这是带过曲的题目。

②乾坤：天地。转丸：蜣螂以土包粪堆转成丸。这里喻天地之狭小。

③日月双飞箭：日月如两支飞箭。比喻时光流逝之快。

④浮生：人生在世，虚浮无定，故称人生为浮生。《庄子·刻意》："其生若浮，其死若休。"

⑤玉门关：古关名，在今甘肃敦煌西北。汉代班超出使西域平定匈奴，封定远侯。他曾有"但愿生入玉门关"的

感叹。

⑥七里钓鱼滩：即七里滩，又名七里陇、子陵滩，在今浙江桐庐南十五公里的钱塘江上，绵亘七里。这里相传是东汉隐士严子陵归隐垂钓的地方。

⑦"晓日"句：此句意为，仕途畅达如旭日东升。长安近，相传晋明帝幼时，长安使臣到东晋都城建康（今江苏南京）朝见明帝的父亲元帝。元帝问明帝："你说太阳和长安哪个近？"明帝回答："长安近。"第二天大宴群臣，元帝又问起这个问题，明帝却回答"日近"，并说："举目见日，不见长安。"后来，人们用"长安日"比喻皇帝，"长安近"比喻仕途的畅达。

⑧蜀道难：唐李白有"蜀道之难难于上青天"的诗句，这里借比仕途的艰难。

⑨休干：不要去做。

【鉴赏】

这支曲子一作邓玉宾之子所作。元代统治阶级对汉族知识分子的猜忌和压抑，使一般文人士子不免产生如履薄冰、朝不保夕的心理，于是常常感叹人生之无常、祸福之难测。这支曲子开门见山地道出了对空间、时间、生命、社会的思考和判断，以班超的征战事功和严光的隐居闲适、晋明帝幼时谈及的长安近日和唐李白的秋风蜀道难等事例和意象罗列在一起，得出了"休干，误杀英雄汉"的结论，突出了视仕进为畏途的主题。小令对"闲适"的处世态度的肯定，实际上是对元代险恶政治的抨击。结尾"星星两鬓斑"所发出的老之将至的叹息，既是一事无成的感慨，又蕴含一颗希望有所作为的心。

喜春来　别情①

王伯成

多情去后香留枕②，好梦回时冷透衾③，闷愁山重海来深。独自寝，夜雨百年心④。

【注释】

①别情：曲牌的题目，此句意为离别的情怀。

②多情：多情的人，指情人。

③好梦回时：指醒来后回味好梦。衾：被子。

④夜雨百年心：意思是说，没完没了的夜雨声搅动着我长久的爱恋之心。百年，这里指时间极长。

【鉴赏】

这支曲子抓住"独自寝"时的切身感受来写"别情",是由于"多情去"了,"好梦回"来,那是崇山峻岭般沉重的"闷",又像海水深不可测一样的"愁"。在寂寂长夜中,伴着催人生愁的绵绵秋雨,在难耐的漫长时间里,折磨着一颗凄凉的心。这,就是"别情"的滋味。

殿前欢 懒云窝自叙二首①

阿里西瑛

懒云窝,醒时诗酒醉时歌。瑶琴不理抛书卧②,无梦南柯③。得清闲尽快活,日月似穿梭过,富贵比花开落④。青春去也,不乐如何!

懒云窝,客至待如何?懒云窝里和衣卧,尽自婆娑⑤。想人生待则么⑥?贵比我高些个⑦,富比我松些个⑧?呵呵笑我,我笑呵呵。

886

【注释】

①懒云窝：曲牌的题目。懒云窝是作者在吴（今江苏苏州）东北隅所建的居处。

②"瑶琴不理"句：此句意为，不弹琴也不读书时，就长卧养神。瑶琴，玉琴，这里是对琴的美称。理，调理，即弹奏。

③无梦南柯：不去做那荣华富贵的梦。梦南柯，见卢挚《金字经·宿邯郸驿》注。

④比：比拟，类似。

⑤尽自婆娑：尽情地舒展。婆娑，舒展，自在。

⑥待：语气词，呵。则么：怎么。

⑦些个：一些儿。

⑧松：这里指经济宽裕。

【鉴赏】

阿里西瑛所居的"懒云窝"在吴城的东北隅。"懒云窝"之名，源于北宋理学家邵雍"安乐窝"的居号。元代知识分子在高压政治下没有出路，多遁世绝俗的老庄思想。这两支曲子即自述其"懒云窝"的生活。第一支曲自述其醒时吟诗饮酒、醉时唱歌吟诗的生活，不理"瑶琴"和"抛书"，其自适的生活已到了"懒"的地步。不做"南柯"

887

富贵梦，不为世俗所累，这样才能"得清闲"，也才能"尽快活"，而富贵荣华不过如花开必定花落。鉴于此，珍惜流逝的"青春"，只能是尽情快乐。第二支曲子说客人到了，"懒云"醉了，和衣在被窝里自在自乐。比起权贵自"高"、富贵自"松"，都是些难以逆料命运的身外之物，是彼笑我还是我笑彼，在价值观不同的人眼里有不同的答案。综合作者的观点，自然是称赞追求自由的精神，视"贵""富"如浮云。

鹦鹉曲　山亭逸兴①

冯子振

嵯峨峰顶移家住②，是个不唧溜樵父③。烂柯时树老无花④，叶叶枝枝风雨。【幺】⑤故人曾唤我归来，却道不如休去。⑥指门前万叠云山，是不费青蚨买处。⑦

【注释】

①鹦鹉曲：曲牌名，原名《黑漆弩》。山亭逸兴：曲牌的题目。逸兴，指超逸洒脱的兴致。

②嵯峨：山势高峻。移家：搬家迁居。

③不唧溜：不机灵，不精明。

④烂柯：腐烂了的斧柄，比喻时间的久长。这里比喻下围棋。据南朝梁任昉《述异记》记载：晋时，王质到石室山中去打柴，见到几个年轻人在下围棋，王质便在旁边看了起来。过了一会儿，下棋的人问他为何还不走。王质起身一看，斧柄已经朽烂。王质回到家中，面貌大变，家中已无同时代之人。有人告诉他已离去了百年。

⑤幺：幺篇换头的简称，是北曲套曲中同一曲牌连用时所使用的专用术语。

⑥唤我归来：西汉淮南小山《招隐士》诗有"王孙兮归来，山中不可以久留"之句。"却道"句：此句意为，却说不如不回去。

⑦"指门前"二句：此句意为，指着门前云雾缭绕的万山千峰说，这是不必用钱就可以买到的地方。这两句暗用晋代支遁买山而隐的典故。《世说新语·排调》："支道林因人就深公买印山。深公答曰：'未闻巢、由（古代两位隐士）买山而隐。'"

【鉴赏】

冯子振共写有四十二首《鹦鹉曲》。据曲前的序记载，元大德六年（1302）冬，冯流寓元都城大都（今北京），在酒楼听歌女御园秀唱白贲的《鹦鹉曲》，于是按原韵和作了数十首。这首以《山亭逸兴》为题，主旨是抒发抛弃仕宦道路而啸傲山林的隐逸之志。曲中的"樵夫"是个"移家住"的樵夫，中途迁入山林；他对采樵工作"不唧溜"，疏于采樵，友人们"唤我归来"，可知他原本是官宦之身。他的樵夫生活实际上只是在林下下围棋，伴随他的也只有无花老树、落叶枯枝和山中的风雨。在他看来，山林之逸乐远远胜过官场的显贵荣华。"指门前万叠云山，是不费青蚨买处"，多么超然物外，多么清闲自在，紧扣"逸兴"的主旨。

鹦鹉曲　感事①

冯子振

江湖难比山林住，种果父胜刺船父②。看春花又看秋花，不管颠风狂雨。【幺】尽人间白浪滔天③，我自醉歌眠去。到中流手脚忙时④，则靠着柴扉深处⑤。

【注释】

①感事：曲牌的题目，即有感于世事。

②父：老翁。刺船：撑船，划船。

③尽：任凭。

④"到中流"句：古谚有"船到江心补漏迟"，这里指做不到未雨绸缪，临危难退。

⑤柴扉：柴门，指树条编织的门。

【鉴赏】

全篇运用对比和隐喻的手法，贬斥了"到中流手脚忙时"的入世后果，赞颂了"靠着柴扉深处"的出世姿态，表达了远离"风波"、隐逸自在的主旨。

鹦鹉曲　野客①

冯子振

春归不恋风光住②，向老拙问讯槎父③。叹匡山李白漂零，寂寞长安花雨。④【幺】指沧溟铁网珊瑚⑤，袖卷钓竿西去⑥。锦袍空醉墨淋漓⑦，是万古声名响处。

【注释】

①野客：曲牌的题目。野客本指山野之人。

②住：停留。

③老拙：自谦之词，犹言老夫。槎父：驾竹筏之人。《论语·公冶长》："子曰：'道不行，乘桴浮于海。'"孔子曾说，他的主张行不通，想乘木筏到海外去。后常作为避世隐遁的典故。

④匡山：在今山东济南历城区西，世传李白读书于此。漂零：飘零，犹漂泊。花雨：这里指暮春落花如雨。

⑤"指沧溟"句：沧溟，大海。铁网珊瑚，用铁网捞取珊瑚。宋梅尧臣《送韩子文寺丞通判瀛州》诗有"铁网收珊瑚"之句，这里比喻搜求人才。

⑥"袖卷"句：此句意为，卷起衣袖，用钓竿钓水中之月，却不幸溺水死去。据古代小说笔记记载，李白曾因捉月而沉江。

⑦锦袍：锦制之袍，这里指官袍。

【鉴赏】

这支曲子借李白的旧事抒怀：李白青年时期出川，漫游至匡山读书，希图走上仕途。后来，虽在长安谋得翰林职位，却又在天宝三载（744）三月落花时节被唐明皇"赐金放还"，离开长安。全篇的主旨意在说明，求仕"飘零"，做官"寂寞"，只有"醉墨淋漓"，才能留下"万古声名"。

殿前欢　二首

吴西逸

懒云巢①，碧天无际雁行高。玉箫鹤背青松道②，乐笑逍遥。溪翁解冷淡嘲③，山鬼放揶揄笑④，村妇唱糊涂调。风涛险我⑤，我险风涛。

懒云凹，按行松菊讯桑麻⑥。声名不在渊明下，冷淡生涯⑦。味偏长凤髓茶⑧，梦已随蝴蝶化⑨，身不入麒麟画⑩。莺花厌我，我厌莺花。

【注释】

①懒云巢：懒云窝。见前阿里西瑛《殿前欢·懒云窝自叙二首》注。

②玉箫鹤背：原指萧史和弄玉骑鹤仙去。这里借指环境

的清幽高洁。传说，春秋时萧史娶秦穆公女儿弄玉，教弄玉吹箫引凤。后二人成仙而去。

③溪翁：指打鱼人。解：懂得，知道。冷淡嘲：不亲热、不热情的嘲弄。

④山鬼：山精，这里指山里的农夫。揶揄：戏弄。

⑤险：邪恶，厌恶。《左传》有"以险侥幸者，其求无厌"之句，"险"与下文"厌"本于此。

⑥"按行"句：此句意为，巡视青松黄菊，询问植桑种麻。按行，巡行。

⑦冷淡：幽寂。

⑧"味偏长"句：此句意为，特别喜欢品味凤髓茶。偏，最，尤，特别。长，常。凤髓茶，一种茶叶的名称。

⑨蝴蝶化：指梦中幻化为蝴蝶的自在。见前王和卿《醉中天·咏大蝴蝶》注。

⑩麒麟画：指麒麟阁上的功臣画像。阁为汉武帝时所建，上绘当时有功于朝廷的臣子图像。后以此指功臣榜。

【鉴赏】

这是吴西逸唱和阿里西瑛《殿前欢·懒云窝》的两支小曲。第一支曲写这里的环境和人情。这里是碧天雁行、玉箫鹤背、青松遮道。接着以一组鼎足对描摹初来乍到的感受：渔翁对之"冷淡嘲"，农夫对之"揶揄笑"，村妇唱出

"糊涂调"。继而说来这里的缘由是"风涛险我，我险风涛"。第二支曲写在懒云窝的生活。大致是巡视青松黄菊，问询如何植桑种麻，像陶渊明一样过着"冷淡生涯"的生活。接着以一组鼎足对夹叙夹议：喜喝凤髓茶，梦中幻化为自在的蝴蝶，再不用为功名所拖累。结二句说自己平时生活的调剂是"莺花厌我，我厌莺花"。

雁儿落带过得胜令^①

吴西逸

春花闻杜鹃，秋月看归燕。人情薄似云，风景疾如箭^②。　留下买花钱^③，趱入种桑园^④。茅苫三间厦，秧肥数顷田。床边，放一册冷淡渊明传^⑤；窗前，钞几联清新杜甫篇^⑥。

【注释】

①雁儿落带过得胜令：带过曲名称，见前邓玉宾《雁儿落带过得胜令·闲适》注。

②风景：风光景物，这里指时光。

③买花钱：古代城市中的豪富经常买花，有时竟"一丛深色花，十户中人赋"。留下买花钱，是指舍弃繁华的都市生活。

④趱：赶行，快走。

⑤苫（shān）：用草编成的遮盖物。冷淡：幽寂。

⑥钞：誊写，抄录。

【鉴赏】

前四句是《雁儿落》曲。以"春花""杜鹃"和"秋月""归燕"起兴。"春花""秋月"兴起的是"风景疾如箭"；"杜鹃""归燕"兴起的是"人情薄似云"。后八句是《得胜令》曲。后四句写农事之余读书写诗，是归隐后的精神生活。

红绣鞋　晚秋①

李致远

梦断陈王罗袜②，情伤学士琵琶③。又见西风换年华。数杯添泪酒，几点送秋花。行人天一涯④。

【注释】

①红绣鞋：曲牌名。一名《朱履曲》。晚秋：曲牌的
题目。

②梦断：梦极，指极感于梦中之事。陈王：指魏晋时期
曹操的儿子曹植，其封地在陈郡（今河南淮阳），后世称为
陈王。罗袜：曹植《洛神赋》中有"凌波微步，罗袜生尘"
的句子，形容洛水女神轻盈的步态。

③学士琵琶：指唐代诗人白居易所作的《琵琶行》。白
居易曾官翰林学士，贬官江州司马任上作有长诗《琵琶
行》。

④天一涯：天各一方。《古诗十九首》："相去万余里，
各在天一涯。"

【鉴赏】

这支曲子写悲秋中的送别。首二句用典以自况："罗
袜"之洛水女神是自己"梦断"中的对象，"琵琶"的遭际
与自己十分相仿。

所以，这两句是述说失意之官员与天涯歌女的分别。
"又见"句曲笔写出离别已逾期年，结句道出"行人天一
涯"的漂泊前程。虽是花酒相别的场面，亦不由得不令人黯
然神伤。

897

天净沙　春闺①

李致远

画楼徒倚栏杆，粉云吹做修鬟②，璧月低悬玉弯③。落花懒慢④，罗衣特地春寒⑤。

【注释】

①天净沙：曲牌名。春闺：曲牌的题目，指古时女子闺阁深居之处。

②粉云：头发装饰。修鬟：修饰为环状的发髻。

③璧月：月轮皎洁圆润如玉。璧，圆形的玉。玉弯：犹玉钩，指月亮。

④懒慢：懒散貌，指飘洒凌乱的样子。

⑤特地：特别。

【鉴赏】

写思妇夜不能寐时在阁楼上倚栏伫立的情态。"罗衣"不耐"春寒"，可见伫立之久，睡意仍无。

小桃红　碧桃^①

李致远

秾华不喜污天真^②，玉瘦东风困^③。汉阙佳人足风韵^④。唾成痕^⑤，翠裙剪剪琼肌嫩^⑥。高情厌春，玉容含恨^⑦，不赚武陵人^⑧。

【注释】

①碧桃：曲牌的题目。碧桃属蔷薇科，落叶小乔木，为桃的变种，不结实，春季开花，色白、粉红至深红，花重瓣，供观赏和药用。

②秾华：茂盛的花。唐代诗人白居易《和梦游春诗一百韵》："秀色似堪餐，秾华如可掬。"天真：不经修饰的本来面目。

③"玉瘦"句：此句意为，在暮春的风里，碧桃花呈现疲惫之态。

④汉阙佳人：汉宫的美女。这里指赵飞燕，体瘦身轻。阙，宫门前的双城楼。

⑤唾成痕：这里指碧桃树干、枝破损处分泌出的胶状汁液，如唾痕。这里喻美人泪痕。

⑥"翠裙"句：此句意为，如青翠的裙子一样的绿叶，整整齐齐地衬托着白玉般的花瓣分外娇嫩。剪剪，整齐貌。

⑦"高情"句：此句意为，深情地陶醉在春天里。厌，同"餍"，满足。恨，遗憾。

⑧"不赚"句：此句意为，没有欺骗寻找世外桃源的武陵打鱼人。赚，骗。武陵人，据东晋陶渊明《桃花源记》载，武陵一打鱼人出于探奇心理，溯流而上，终于找到了不与外世接触的桃源仙境。这里比喻碧桃花的仙姿美如桃源仙境，暗含对寻找世外桃源之人（隐居之士）的爱怜。

【鉴赏】

这支小曲咏物写人。在作者笔下，碧桃的本性是"秾华不喜污天真"；即使在"东风困"时，它也"瘦"如"汉阙佳人"赵飞燕，风韵不减；它的枝干上即使有唾痕，也美得像美人的泪痕；它的周身，绿叶如裙围护着如玉般的花朵。它陶醉于春天的"高情"，满含春离去时的恨意，都是那么楚楚动人。它向往那世外的桃花源，因为在那里，盛开的桃花无比繁茂，因此，也就不必"赚武陵人"了。整支曲以碧桃的高洁之情怀和美丽的风韵来喻人，而这人就是苦苦寻觅世外桃源的"武陵人"。

落梅风　答卢疏斋①

珠帘秀

　　山无数，烟万缕，憔悴煞玉堂人物②。倚篷窗一身儿活受苦③，恨不得随大江东去④！

【注释】

　　①答卢疏斋：曲牌的题目。卢疏斋指卢挚，号疏斋，与珠帘秀有唱和往来。

　　②煞：用在动词、形容词之后，表示程度之深。玉堂人物：指卢挚，卢曾任翰林院集贤学士，宋代以后称翰林院为玉堂。

　　③倚：依傍。篷窗：船窗。

　　④随大江东去：随滔滔江水东流逝去。意即了却一生。

【鉴赏】

　　珠帘秀与散曲作家卢挚情谊深厚。卢挚曾写有《落梅风·别珠帘秀》，这支曲即是珠帘秀的答和之作。前三句从对方着笔：无数青山将成为有情人之间的障碍，缕缕云烟像纷乱的情丝绵绵不绝，"玉堂人物"卢挚因离别而痛苦憔悴。在有情人分手之际，这"山"和"烟"的景物都有了起兴的作用，它们兴起的是"玉堂人物"的离情别绪。后两句从自己着笔：把自己"一身儿活受苦"的身体倚在离别之船的篷窗边，想到自己离别后只能孤零一人，唯与滔滔江水和悠悠离恨为伴，恨不得跳入江中，"随大江东去"。这种为爱情毅然献身之语，读来慷慨悲凉。

庆东原

张养浩

鹤立花边玉①，莺啼树杪弦②，喜沙鸥也解相留恋③。一个冲开锦川④，一个啼残翠烟⑤，一个飞上青天。诗句欲成时，满地云撩乱⑥。

【注释】

①"鹤立"句：此句意为，白鹤站立在花丛边，显得洁白似玉。

②"莺啼"句：此句意为，莺在树梢上啼鸣，声音美如琴声。树杪，树梢。弦，指琴声。

③解：理解，懂得。

④锦川：景色美似锦的河川。

⑤"一个啼残"句：此句意为，一个在青翠的林间雾气里留下鸣叫声。残：余，剩余。

⑥撩乱：纷乱。

【鉴赏】

通篇似乎全是景语，"鹤立""莺啼"，已具豪迈之趣，但沙鸥的放逸之态更含优游闲适之情。

对景而情思涌动，才感到眼前景象的变换竟影响到诗的写成！

山坡羊　潼关怀古①

张养浩

峰峦如聚②，波涛如怒，山河表里潼关路③。望西都④，意踟蹰⑤。伤心秦汉经行处⑥，宫阙万间都做了土⑦。兴，百姓苦；亡，百姓苦！

【注释】

①潼关怀古：曲牌的题目。潼关在今陕西潼关，关城雄踞山腰，下临黄河，扼秦、晋、豫三省要冲，是关中地区的重要关隘。

②峰峦如聚：此句意为，高山峻岭如同聚集在这里。潼关东有崤山，北为中条山，西接华山，众山会聚。南朝张融《海赋》有"重嶂岌岌，攒岭聚立"之句。

③山河表里：此句意为，外河内山，互为表里。山指秦岭山脉，河指黄河。潼关背靠秦岭，面临黄河，故称表里。

④西都：指长安，为西周、秦、汉、唐等朝代的都城。东汉建都洛阳后，遂称长安为西都。

⑤踟蹰：徘徊犹豫，心中不安。

⑥经行处：指帝王们惨淡经营的地方。

⑦宫阙：宫指宫殿，阙指皇宫前的望楼。

【鉴赏】

这是元曲小令中一首杰出的怀古之作。作者把潼关的险要形势和封建统治阶级的罪恶紧紧地结合在一起来写。"宫阙万间都做了土"的王朝兴亡历史，带给百姓的都只是苦难！其吊古伤今之意不言而自明。此外，作者的摹景状物也很有特色："聚""怒"两字赋予"峰峦"和"波涛"以人的性格，并富含动态感。

红绣鞋　惊世二首①

张养浩

才上马齐声儿喝道②，只这的便是那送了人的根苗③，直引到深坑里恰心焦④。祸来也何处躲，天怒也怎生饶⑤，把旧来时威风不见了！

正胶漆当思勇退⑥，到参商才说归期⑦，只恐范蠡张良人笑痴⑧。揿着胸登要路⑨，睁着眼履危机，直到那其间谁救你？

【注释】

①红绣鞋：曲牌名。惊世二首：曲牌的题目。惊世又作警世，是对世人的劝诫和警示。

②喝道：吆喝开道。古代官员出巡，前面导行的吏役们手举"回避"字样的牌子，沿途呐喊，让行人闻声让道。

③只这的：只是这一点。根苗：指事物的根源和来历，这里指祸根。

④恰：才。

⑤天怒：天神震怒。形容为害重大，遭到天谴。《后汉书·袁绍刘表列传》："自是士林愤痛，人怨天怒。"怎生：如何，怎么。

⑥胶漆：胶和漆。喻事物的牢固结合，这里是指地位稳固时。

⑦参商：指天上两颗星宿。参星在东方，天亮时出现；商星在西方，天黑时出现。二星此出彼没，永不相逢。这里用以比喻分离、不和睦。归期：这里指死期。

⑧范蠡：春秋时越国大夫，曾辅佐越王勾践复兴越国灭了吴国。功成后，泛舟五湖。张良：汉代开国元勋之一。刘邦即位后，张良即随赤松子入山隐居。痴：呆，不聪明。

⑨揿：挺出，同"腆"。要路：喻显要的职位。

【鉴赏】

张养浩做了近三十年的官。这两支曲子都阐述了做官危险、及早抽身退隐才能避祸全身的经验之谈。第一支曲子开门见山地写出始得官时的威风："才上马齐声儿喝道。"指出这便是遭殃的"根苗"。

到了事败日落入"深坑"，无处躲祸，更无法逃脱龙颜的"天怒"。到那时，只有威风扫地，惹祸引身。第二支曲子告诫人们，当君臣关系如胶似漆时就当急流勇退，而不要等到不和睦时"才说归期"。

范蠡就在越王灭吴后泛舟五湖，张良也在刘邦灭楚兴汉之后随赤松子隐居。"拽着胸登要路"与"睁着眼履危机"，对比鲜明；"直到那其间谁救你"，更是发人深省。

折桂令　席上偶谈蜀汉事因赋短柱体①

虞　集

銮舆三顾茅庐②，汉祚难扶③，日暮桑榆④，深渡南泸⑤。长驱西蜀，力拒东吴。美乎周瑜妙术⑥，悲夫关羽云殂⑦。天数盈虚⑧，造物乘除⑨。问汝何如？早赋归欤⑩。

【注释】

①席上偶谈蜀汉事因赋短柱体：曲牌的题目。因，趁，随。短柱体，元散曲中的一种俳体，一般通篇每句两韵或三韵，或两字一韵。

②銮舆：皇帝乘坐的车。銮，皇帝车上的铃铛。舆，

车。銮舆在此指代刘备，但刘备三顾茅庐时尚未称蜀帝。三顾茅庐：指刘备与关羽、张飞三次到襄阳隆中寻访诸葛亮于草庐，请他出山辅佐他们完成帝业。

③汉祚：蜀汉政权。刘备以汉宗室子弟建立蜀国，后世称蜀汉。祚，王位，国统。扶：扶持。

④桑榆：古人说傍晚的太阳从桑树、榆树间落下去，故以桑榆喻人的晚年。这里指诸葛亮的晚年。

⑤南泸：即南中（今四川南部与云南、贵州一带）与泸水（今金沙江）。诸葛亮曾数渡泸水，七擒孟获，为巩固蜀汉政权平定南中诸郡。

⑥周瑜妙术：指周瑜讨还荆州伐蜀的战略战术。

⑦关羽：三国蜀大将，字云长，曾据荆州，违背蜀吴联合抗曹之策，东吴孙权派吕蒙袭荆州，关羽兵败被杀。殂：死亡。

⑧天数：天命，自然之理。盈虚：满损。

⑨造物：古人指神主宰的大自然。乘除：抵消，这里指消长变化。

⑩早赋归欤：此句意为，早一点儿归隐。东晋陶渊明《归去来兮辞》："眷然有归欤之情。"赋，论述，写，作。

【鉴赏】

小令采用短柱体，每句两字一韵，颇为别致，且写得流畅自然，笔无滞意，见出作者的功力。但这首怀古之作，把三国鼎足争雄的得失归于"天数盈虚，造物乘除"，不免是一种历史虚无主义和宿命论的观点；其不必建功立业、及早归隐山林的主旨也是一种消极的人生态度。

水仙子　集句^①

薛昂夫

几年无事傍江湖^②，醉倒黄公旧酒垆^③。人间纵有伤心处，也不到刘伶坟上土^④，醉乡中不辨贤愚^⑤。对风流人物，看江山画图^⑥，便醉倒何如！

【注释】

①集句：曲牌的题目。集句是古代诗词曲的一种作法，它撷取前人或他人诗词句子重新组成一诗、一词或一曲。

②"几年"句：出唐陆龟蒙《和袭美春夕酒醒》："几年无事傍江湖，醉倒黄公旧酒垆。"傍，依附，接近。

③黄公旧酒垆：宋刘义庆《世说新语·伤逝》记载，尚书令王戎着公服路过黄公酒垆时，想起过去自己同朋友在

此饮过酒。这里指旧日与友人饮酒的地方。唐温庭筠《寄卢生》诗："他年犹拟金貂换，寄语黄公旧酒垆。"

④刘伶：晋代诗人，为"竹林七贤"之一。他嗜酒如命。唐李贺《将进酒》诗："劝君终日酩酊醉，酒不到刘伶坟上土。"

⑤"醉乡"句：战国楚屈原被流放洞庭时曾对渔夫说："举世皆浊我独清，众人皆醉我独醒，是以见放。"是说楚怀王不辨贤愚。

⑥"对风流人物"二句：宋苏轼《念奴娇》词有"千古风流人物""江山如画"句，为此二句所本。风流人物，这里指有才华而不拘礼法的人。

【鉴赏】

这支小曲是作者晚年所作。它用古人原有的诗句，随手拈来，集在一起，来表达作者以诗酒笑傲余生的情怀。曲中赞扬刘伶的醉酒，因为只有"醉倒黄公旧酒垆"时，才会忘掉"人间"的"伤心处"；而且在"醉乡中"，也不必去"辨贤愚"，所以，就不会像屈原那样"众人皆醉我独醒"，去自寻烦恼。在对比了刘伶和屈原的得失后，作者由此得出的结论为：即使面对"风流人物""江山画图"，还要采取"醉倒"的处世态度。

殿前欢　冬^①

薛昂夫

捻冰髭^②，绕孤山枉了费寻思^③。自逋仙去后无高士^④，冷落幽姿，道梅花不要诗。休说推敲字，效杀颦难似^⑤。知他是西施笑我，我笑西施？

【注释】

①冬：曲牌的题目。

②冰髭：白胡须。

③寻思：考虑，思索。

④逋仙：宋人林逋，曾隐居杭州西湖，以梅、鹤为伴。这里称他为逋仙，是对先人的尊称。

⑤效杀颦：极力模仿。出自成语"东施效颦"。

【鉴赏】

这支赋冬的小曲，以西湖的遗事、掌故作为题咏对象：写宋隐士林逋在孤山上种植的梅花孤独开放，无人为之题

911

诗，是题咏西湖周围的雪景；写春秋时越国美女西施笑我赋诗"江郎才尽"、我笑典故有"东施效颦"，是衬托西湖迷人的美景。

殿前欢　醉归①

薛昂夫

醉归来，袖春风下马笑盈腮②。笙歌接到朱帘外，夜宴重开。十年前一秀才，黄齑菜③打熬到文章伯④。施展出江湖气概，抖擞出风月情怀⑤。

【注释】

①醉归：曲牌的题目。

②袖：袖藏。

③齑菜：腌菜。

④打熬：锻炼，支持。文章伯：文章的宗伯。伯是对人的尊称。

⑤风月情怀：男欢女爱的情态。

【鉴赏】

这首小令为当时自视为不可一世的"文坛巨擘"画像。前四句是场景描写,写出了此类人物春风得意的情态;接着两句是背景介绍,交代出他们本来的出身身世;后两句是点睛之笔,指出他们成名的诀窍:靠的全是那江湖上的豪侠义气、风月情场的男欢女爱。

山坡羊

薛昂夫

大江东去①,长安西去②,为功名走遍天涯路③。厌舟车,喜琴书④,早星星鬓影瓜田暮⑤。心待足时名便足⑥。高⑦,高处苦;低⑧,低处苦。

【注释】

①大江东去:谓时光如流,这里指水路旅程。此句借用宋苏轼《念奴娇·赤壁怀古》词的成句。

②长安西去:指陆路旅程。长安,代指京城,在今陕西

③"为功名"句：元陈草庵同题小令有"功名尽在长安道"，可为此做注脚。

④喜琴书：东晋陶渊明《归去来兮辞》有"乐琴书以消忧"之句。

⑤星星鬓影：形容两鬓斑白。晋朝左思《白发赋》："星星白发，生于鬓垂。"瓜田暮：指靠以种瓜为生，为时已晚。秦亡后，东陵侯召平拒做汉官，遂在长安东门外种瓜谋生。后指隐居生活。

⑥待：将，要。

⑦高：指做高官。

⑧低：指做下吏。

【鉴赏】

薛昂夫少时受教于由宋入元的学者刘辰翁，本无意于功名，但步入仕宦后就身不由己了。薛昂夫为官二十多年，这支曲子是他晚年退休前所作。小令"述怀"，表露了对为功名而四处奔波的厌倦，对琴书怡情闲适生活的向往。结句"高""低"俱苦的述怀，是作者在追求功名和归隐之间苦苦挣扎的亲身体验。

山坡羊　西湖杂咏·春①

薛昂夫

山光如淀②，湖光如练，一步一个生绡面③。叩逋仙④，访坡仙⑤，拣西湖好处都游遍，管甚月明归路远。船，休放转；杯，休放浅。

【注释】

①西湖杂咏·春：曲牌的题目。杂咏，指不拘体例、遇物即言的题咏。薛昂夫晚年退居杭州西湖。

②山光如淀：指山水风光翠绿如淀。淀，由蓝制成的青黑色染料。唐韩偓《南亭》诗："山光溪淀淀。"

③生绡面：画面。生绡是指没有漂煮过的丝织品，古人常用来绘画。

④叩：拜。逋仙：宋代隐士林逋。见前《殿前欢·冬》注。这里以逋仙代指杭州西湖的孤山

⑤坡仙：指宋代大诗人苏轼。苏轼字东坡，他曾任杭州太守。在西湖浚湖筑堤，号苏堤。这里以坡仙代指西湖内的

苏堤。

　　春游西湖，山如淀，湖如练，登孤山，步苏堤，一步一景，步步流连，以至于月明还不放船，手不释杯，醉酒于明月西湖间。

山坡羊　西湖杂咏·夏

薛昂夫

　　晴云轻漾，薰风无浪①，开樽避暑争相向②。映湖光，逞新妆，笙歌鼎沸南湖荡。今夜且休回画舫③。风，满座凉；莲，入梦香。

【注释】

①薰风：和风，暖风。

②开樽：开始喝酒。樽，酒器。相向：指相对而坐。

③画舫：装饰华丽的游船。舫，有舱室的船。

916

【鉴赏】

　　这支题"夏"的杂咏曲子，吟咏西湖夏天的风光。首三句叙述纳凉中的饮酒，次三句写湖中的笙歌。从"薰风无浪"到"南湖荡"，可以看出，饮酒作乐的场面把平静的湖面都激荡起来了。

　　"今夜且休回画舫"是游兴不减，此时正是晚风习习，满座凉意，泛着小舟流连于湖面莲花之间，不觉进入了梦乡。

庆东原　西皋亭适兴①

薛昂夫

　　兴为催租败②，欢因送酒来③，酒酣时诗兴依然在。黄花又开，朱颜未衰，正好忘怀。管甚有监州，不可无螃蟹④。

【注释】

　　①西皋亭适兴：曲牌的题目。西皋亭在浙江余杭东北的皋亭山上。适兴，满足惬意的兴致。

②兴为催租败：诗兴为催租之事而破坏。宋人潘大临致谢无逸信说："昨日得句云'满城风雨近重阳'，忽催租人至，遂败人意。"

③送酒：指白衣使者为陶渊明重阳日送酒事。见卢挚《沉醉东风·重九》注。

④管甚有监州，不可无螃蟹：宋人欧阳修《归田录》记载，宋时设置通判一职，职责为监州。有余杭人钱昆，求补外任。有人问他欲往何州任职，答曰："但得有螃蟹、无通判处则可矣。"

【鉴赏】

在西皋亭赋诗饮酒，诗兴因"催租"之事而败，欢聚是因为有人"送酒"而来，至酒酣时"诗兴依然在"。菊花开放，人未老态，在兴致惬意时正好把仕途功名之事"忘怀"。"管甚有监州，不可无螃蟹"，表达了作者肥蟹佐酒、疏狂无拘的生活追求，回应了"适兴"的主题。

塞鸿秋　凌歊台怀古[①]

薛昂夫

凌歊台畔黄山铺，是三千歌舞亡家处。[②]望夫山下乌江渡[③]，是八千子弟思乡去[④]。江东日暮云，渭北春天树[⑤]，青山太白坟如故[⑥]。

【注释】

①凌歊（xiāo）台怀古：曲牌的题目。凌歊台是南朝宋武帝刘裕的离宫，在今安徽的黄山凌歊峰顶。

②"凌歊台"二句：此句意为，凌歊台附近的黄山铺驿站是刘裕离宫中三千歌舞宫女离家聚居的地方。这句讽刺刘裕淫乐无度而亡。唐许浑《凌歊台》有"宋祖凌歊乐未回，三千歌舞宿层台"句。

③望夫山：在今安徽当涂境。

④八千子弟：秦末项羽从叔父项梁起兵，招募八千江东子弟兵。后兵败单身逃到乌江渡口，亭长劝他渡江以图再举。项羽说，八千子弟兵都已死去，无颜再见江东父老。于

是自刭。

⑤"江东"二句：唐杜甫《春日忆李白》诗："渭北春天树，江东日暮云。"杜诗意谓与李白两人各居南北，表达了对李白的追思之情。

⑥"青山"句：是说只有李白的坟墓像青山一样常在。青山，指当涂东南的一座山，李白坟在山的西麓。

【鉴赏】

这支小曲以安徽当涂县境内的三处古迹（当涂县西的黄山凌歊台、县东南的青山李白坟和李白坟西北四十里望夫山对岸的乌江渡口）所发生的事情抒发怀古之情：

"三千歌舞"与"八千子弟"的下场，是封建帝王荒淫败亡的必然归宿；

而大诗人李白虽落拓一生，却像那青山一样遗泽千古。

"黄山铺"与"太白坟"的强烈对比，穿插着"江东云"与"渭北树"的友谊故事，使这支小曲的用典华而不涩。